KB202655

노을길을 달리는 은빛 자전거

진실과 사랑, 그리고 희망을 찾아가는
아름답고, 쓸쓸한 은빛 여정!

정인철 시집

노을길을 달리는
은빛 자전거

좋은땅

작은 설렘으로 작은 시집을 내며

호수가 보이는 공원의 벤치에 앉아 노을을 봅니다.

햇사과처럼 붉게 타던 노을이 밀감 빛으로 변해갑니다.

아름답고 숙연한 정경입니다.

나는 먼 동화의 나라에서 자전거를 타고 이곳까지 왔습니다.

넘어지지 않으려고 두 손으로 핸들을 꼭 잡고 열심히 페달을 밟았습니다.

평탄한 길에서는 휘휘 휘파람을 불고, 오르막길에서는 으쌰 으쌰 기합을 넣었습니다.

그러나 내가 지나온 길은 평탄한 길보다 오르막길이 더 많더군요.

아직 여정이 남아 있습니다. 노을길을 몇 킬로미터 더 가야 합니다.

아름답고 행복한 길이기를 원하지만 외롭고 고단한 길일지도 모르지요.

그래도 멈출 수는 없는 길, 종착지까지 열심히 달려가겠습니다.

목소리 큰 거인들이 세상을 운전하지만, 하루하루 땀 흘리며 살아가는 보통사람들이 이 세상을 아름답게 합니다.

책에 실린 시는 건망증 늘어 가는 노년의 평범한 일상에서 건져 올린 작은 은어들입니다.

진실은 크지 않아도 빛이 납니다. 이 작은 시집에 소중한 사람들이 찾고 있는 반짝반짝 빛나는 작은 보석이 숨어 있었으면 좋겠습니다.

성심껏 책을 만들어 주신 좋은땅 출판사 관계자 여러분께 감사의 말씀을 드리며 이 책과 인연이 닿는 모든 분들의 건승을 기원합니다.

2025년 봄
정인철 드림

차례

1부 노을 그리기

2부 사랑 더하기 사랑

3부 새파란 나뭇잎도 지더라

1부

노을 그리기

인연

너, 나 우리 모두
가석방 특별사면도 없는
연꽃 감옥의 수형자 아닌가
그 찬란한 죄목은
사랑하는 죄
미워하는 죄

젊음의 거리에서

사랑의 거리다
낭만의 거리다
푸른 물결이 꿈이 되어 흐르는 젊음의 거리다
그대여 가슴을 확 열어라
나도 그대도 한때는 젊은이였다
청바지 호주머니에 손을 넣고 건들거리며 걸어 보자
세월의 허리끈을 잡고,
인생의 테이프를 거꾸로 돌려 보자
트위스트 삼바춤을 추자
은발을 흩날리며 신바람 날려 보자
박수를 치면 쳤지 누가 뭐라 하겠느냐

젊음의 거리에서 술이 빠지면 안되지
빨갛게 타는 연탄불이 정겨운 노포주점을 찾아가자
새파란 젊은 놈들 사이에서 지글지글 쪽갈비를 굽자
갈비살 발라 먹으며 젊은 시절을 얘기하자
소주 한 잔에 긴 한숨을 날려 버리자

터질 듯한 젊음의 거리에서
젊음을 산들, 빌린들, 훔친들, 그게 죄가 되겠느냐
밤이 깊어지면 이 거리도 늙어 갈 것을…

달팽이의 꿈

이제 떠나야지
밤에도 노래하는 '트릴비'와
정의에 눈 감은 마스토돈들이 사는
우울하고 어두운 이 숲을 벗어나야지
바다로 가야 해
순한 파도가 밀려오고 노을이 아름다운
바다로 가야 해

오선지에 굵은 빗방울이 떨어지면
예쁜 배낭에 라디오와 시집을 챙겨 넣고
든든히 배를 채운 후
맨발로 길을 떠날 거야
안식과 평화 그리고 진정한 사랑을 찾아서

월세로 사는 숲은
더럽고, 시끄럽고 너무 냉정해
마스토돈들은 힘 자랑에 하루가 짧고,
정신 나간 스뱅갈리는 하루 종일 술주정이지
이제 가식의 노래와 춤을 끝낼 때가 된 거야

누가 그랬지 네 고향은 바다라고…
파도 소리와 소라의 숨소리가 꿈결 같은
예쁜 여인이 사랑을 기다리는 바다라고…
미련없이 떠날 거야
오선지에 슬픈 빗방울이 떨어지면
눈을 감고 맨발로 떠날 거야
사랑과 평화와 안식을 찾아서

가죽나무꽃

심포니, 심포니
여름의 심포니는 아직 끝나지 않았는데,
읽히지 않은 음표가 떨어진다
부르던 노래를 멈추고
쓰던 일기를 지우듯
가죽만 남아 있는 노인이 마당을 쓴다
자꾸만 떨어지는 꽃잎을 쓸어낸다
열심히 열심히

꽃은 언제 피었던가
꽃 지는 시간은 왜 이리 길고 긴가
빗자루질을 멈춘 노인이 담배에 불을 붙인다
해 걸음은 더디고 석양은 아직 멀었는데
계속 떨어지는 가죽나무 꽃잎
통증조차 잃어버린 무언의 시간

바람, 개망초

멀지 않은 옛날, 우리들의 누이가
미군 중사의 손에 이끌려 비행기를 탔다
그들의 목적지는 아메리카 뉴올리언스
그날 김포공항은 하루 종일 찬 바람이 불었고,
누렇게 뜬 얼굴의 누이의 아버지는
외상술을 마시고 가난의 툇마루에 길게 누웠다
공주가 된 우리들의 누이
아메리카 언덕에 억센 뿌리 내려
아름답고 서러운 망향의 꽃 피웠을까?

개망초 꽃이 피었다
소떼 떠난 목초지, 빈집 마당에
인적 없는 산기슭, 묵정밭에
몹쓸 풀이라며 밟히고 뽑히던 개망초가
누가 버린 땅의 주인이 되어 귀한 꽃 피워냈다
젊은 화가의 희망이 되고,
소박한 사람들의 서정시가 된 개망초
바람이 피운 시들지 않는 바람꽃

마파람이 분다
개망초 둑길을 베트남 댁이 걷고 있다
떠난 원주민 대신 원주민이 된 여인,
이 땅에 그의 계절이 오면
향기로운 축복의 꽃 피어날 것이다

알고 보면 우리 모두 바람 끝의 이민자

구레포 사구에서

다가갈수록 멀어지는 사랑이 있다
그 사랑은 흔히 안갯속에 갇히고
사람들은 그런 사랑 하나 가슴에 안고 산다
떠날수록 가까워지는 사랑이 있다
그 이별은 더러 안갯속을 거닐고
사람들은 그런 이별 하나 가슴에 품고 산다

아침 비 그친 구레포 해변
멀리 안개에 갇힌 파도가 소리 지르고
수영복의 젊은 남녀가 면회하러 뛰어간다

파도는 한 걸음 다가오기 위해
두 걸음 뒷걸음질 치고,
바람이 밀어낸 사구엔 갯완두, 갯메꽃 지고
자줏빛 순비기꽃 피었다

어렵게 다가와도 닿지 못하는 입술
애타게 불러도 흔들지 못하는 손
파도와 사구의 사랑은 언제나 목마르다

순한 파도가 사구 가까이 다가오자
갯바람이 눈이 슬픈 순비기꽃을 깨운다

나의 월든

나의 월든 호수는 아름답고 평화롭습니다
오두막은 없지만,
그늘막이 되는 커다란 수양버들과
세월을 먹는 나무 벤치가 있습니다
해님은 거르지 않고 이곳을 지나가고
호면은 모나코왕비의 드레스처럼 반짝입니다

이곳의 배우들은 즐거운 마음으로
새로운 공연을 준비합니다
억새풀은 노래하며 군무를 추고
물오리는 자맥질 재주를 뽐내고,
쇠물닭은 헤엄치기 경주를 합니다
가끔 찾아오는 고니는 호수극장의 카메오이지요

아름다움이 아름다움을 낳습니다
눈을 감으면 꿈결 같은 교향시가 들리고
음유시인의 헛기침 소리가 들리고
먼지를 날리며 달려가는 마차소리가 들립니다

작은 상자 속, 달팽이 뿔위에서 춤추는
당신을 이곳에 초대하고 싶습니다
모든 것이 무료입니다 가벼운 마음으로 오세요
행여 아시나요 이세상 소중한 것들은 모두 공짜라는 걸

비와 여행

비가 내린다
대나무 같은 비가 내린다
눈앞에 긴 여로가 열렸다
평화롭고 슬픈 길
아름답고 외로운 길
여유롭고 아픈 길
협궤열차를 타고 고향으로 간다
장항선은 남으로 길게 흐르고
차창엔 빗물이 길게 흐른다

폭폭칙칙 폭폭칙칙 어느덧 고향 집
마루에 걸터앉아 낙숫물 소리를 듣는데,
늘 바쁘고 늘 슬픈 어머니가
아직도 밤중인 부엌에서 수제비를 뜯는다
고단한 삶을 뜯어낸다

소파에 길게 누워 창밖의 빗소리를 본다
오랜만의 휴일, 어제보다 좋은 날
자주 아프고 늘 외로운 아내가

지짐지짐, 지짐지짐, 빗소리를 부쳐 내고,
나는 벌써 저만큼 떠나 있다

빗줄기를 타고 인적 없는 바닷가에 가고 싶다
모래사장에 코 박은 폐선을 보며,
모래속에 묻히는 빗소리를 듣고 싶다
피안에 닿아 있을 바다의 노래를 듣고 싶다
비가 그칠 때까지 먼 여행을 하고 싶다

바람 맞으니 좋다

바람 부니
벗나무가 흔들리고
버드나무가 춤을 춘다
화살나무 옆 긴 나무의자에 앉아
바람을 맞는다
온갖 미움, 미련 떨쳐 버리고
가슴 쫙 열고
시원한 바람 맞으니 좋다
누구에게 바람맞을 일 없는데
찾아오는 바람 맞으니
참 좋다 정말 좋다

소망 (어버이날에)

바람은 바람으로 끝났고,
원치 않은 야간비행은 불시착으로 끝났다

인적 드문 길,
보도블록 틈새에 싹튼 민들레
한동안 자라지 못하고 시름시름 앓더니
어느날
몸 추스르고 일어나 서슬 푸르게 자라
꽃대 쑥쑥 뽑아 올려 귀한 꽃 피워 내고
끝내 은빛 출산을 끝냈다

화려한 비상, 아름다운 비행
푸른 초원의 호사는 내 몫이 아니어도 좋다
내 꿈은 너희들 행복 속에 있으니…

오늘도 해가 지도록
수많은 낙하산을 준비하는 늙은 민들레
나는 너희들을 사랑한다

5월이 떠난다

푸르고 깊은 눈
고아한 향기 넓디넓은 품
한 번쯤 폭 안기고 싶은 여인

이름 부르기보다 이름 불리우고 싶고
면사포보다 왕관을 씌우고 싶은
아름답고 품위 있는 여인

만인의 연인이 되어,
시를 쓰고 역사를 쓰고 그림을 그리던
웃음 뒤에 눈물을 삼키는 여인

5월이 떠난다
아카시아 꽃비 맞으며 미소 거두고,
한 명의 시종도 없이 5월이 떠난다
깊고 깊은 6월 속으로

아카시아꽃 향기

몇 번은 스쳐가고
몇 번은 마주쳤던 소녀,
감색 교복과 희고 긴 목이 빛났었다
그 애에게서 풍기던 싸한 이국적인 향기

희끄무레 밝아 오는 방
열린 창으로 연락도 기척도 없이
그 소녀가 찾아왔다
설레고 그리운 향기
소녀는 몰랐나 보다
늙은이도 바람이 난다는 것을

벚꽃 시절

봄이 갑니다
세월이 흐릅니다
눈보라 이겨내고
어두움 헤치고
새벽 안개 걷어내며,
당신이 오시는 줄 알았지만
마중하지 못했습니다
그래서 하루하루가 심란합니다

아직도 이별이 두렵습니다
고운 옷 벗어 던지고
향기마저 거두며,
당신이 떠나실 줄 알지만
배웅하지 못하겠습니다
그러나 당신이 떠나신 후,
나도 당신만큼 떠나 있을 겁니다

4월의 강

"벚꽃이 한창 예쁜데 비가 온다네요"
창밖의 안개를 걷어내며 아내가 말한다
아내의 4월이 창턱에 걸쳐 있다
하늘이 노랗다
압생트에 취한 고흐의 하늘이다
영혼을 보내지 못한 영혼들이
하늘가에 서성이고,
그들의 노래는 시든 꽃처럼 애처롭다

바람이 분다
저 먼 남쪽의 붉은 섬에서
깊고 검은 바다에서 불어오는 바람은
갓 베어낸 잡풀 냄새가 난다
부는 바람에 꽃잎이 떨어지고
떨어진 꽃잎은 나비가 되고,
땅에 떨어진 나비는 점이 되고 선이 되어
길고 긴 강을 만든다
흐르지 않는 붉은 강

"비가 오기도 전에 벚꽃이 지네요"
아내의 4월이 목에 걸렸다
비가 내리면 4월의 강이 흐를 것이다
멀고 먼 레테의 강으로…

영화 끝

기다림은 길고 영화는 짧았다
절정은 언제였던가
반점투성이 주름진 얼굴
보름도 못 되어
은막 뒤로 사라지는 여주인공
관객들이 모두 퇴장한
목련의 빈 극장이 슬프다

오월에는

쐐기풀도 은빛 왕관을 쓰는 오월에는
무조건 행복해질 의무가 있다
탱자나무가 푸른 잎새로
뾰족한 가시를 감싸안듯
미움과 원망의 돌기들을
사랑과 아량으로 덮고
하이네의 새처럼
푸른 하늘을 노래하고,
부잣집 정원의 영산홍같이
밝게 환호하자
찬란한 오월의 첫날
비록 오월의 주인공은 아니지만
빛나는 신록 속에서 행복해지자
쐐기풀도 은빛 왕관을 쓰는 오월에는
무조건 행복해질 권리가 있다

완성

봄 풍경의 일부가 되어
봄 그늘에 서 있습니다
산수유꽃이 먼저 오고
벚꽃이 막 도착했는데
한쪽에서는 목련이 집니다
봄이 다 오지도 않았는데
서둘러 떠나는 봄도 있습니다

유아차 속에는
아기가 곤히 잠들고,
나무 의자에는 할아버지가 졸고 있습니다
아기에겐 첫봄이
누구에겐 마지막 봄일 수도 있겠지요
아름답고 평화롭습니다
그러나 허전합니다
봄 풍경은 당신이 있어야 제격입니다
당신이 있어야 봄 그림이 완성됩니다

돌아온 강아지

유아용 점토로 강아지를 만들었다
몸은 날씬하게
귀는 쫑긋하게
다리는 길쭉하게
아내가 보고 깜짝 놀란다
"웬일이야 강아지는 잘 만드네요"
나는 말없이 빙그레 웃는다

초등학교 시절,
방학 때엔 꼭 만들기 숙제가 있었다
별다른 재료가 없었던 나는
개울가에서 진흙을 파다가
나뭇잎도 찍어내고,
가지, 토마토도 만들고 강아지를 만들었다
만들었다 뭉개고 뭉갰다 만들고,
수없이 반복했던 각고의 노력

몸은 날씬하게
귀는 쫑긋하게
다리는 길쭉하게
수십 년 만에 돌아온 소중한 내 강아지

봄바람, 바람개비

당신의 가슴에
바람개비를 세우세요
하양 노랑 파랑 빨강
작은 걸음으로 찾아갈게요
라벤더 향기 솔솔 뿌리며
살 부드럽게 다가설게요
따뜻한 포옹으로
서걱거리는 당신의 마음을 녹이고,
빼앗긴 세월
잃어버린 시간
불타던 열정의 순간
달콤한 불륜의 꿈
모두 돌려 드릴게요
너무 맑아서 재수 없는 날
풍차보다 큰 바람개비를 세우세요
하양 노랑 파랑 빨강
신나게 봄바람 한번 피우세요

봄을 타다

호수의 윤슬이 아름답고
갓 핀 철쭉꽃이 향기롭습니다
오늘도 공원에서 의자 그네를 탑니다
봄을 탑니다…
앞으로 뒤로, 뒤로 앞으로…
처음으로 아내가 옆에 앉으니
그네를 미는 다리에 힘이 실립니다

나이에 떠밀려 무직이 된 뒤
스스로 감옥을 짓고 들어앉아
무의미하고 무기력하게 보낸 긴 시간
오늘에야 사위가 밝아지고 세상이 보입니다

꽃은 더불어 피어야 아름답고
사람은 사람으로 인해 행복해집니다
아내가 연 철창이 더 활짝 열리면
밀감 빛 소녀의 보조개가 보일지도 모릅니다

그네를 탑니다
하얀 구름을 탑니다 멀미를 탑니다

화려한 비상

강원도 깊은 산골
우체국 같은 펜션 입구
죽은 나무에 자전거가 달려 있다
신발을 수없이 갈아 신고
지구 몇 바퀴는 돌았을 자전거가
푸른 하늘을 흔들며
지겹고 뜨거운 길을 내려다보고 있다
닳고 낡아 폐물이 된 후에야
안식을 얻은 슬픈 자전거가
언감생심
화려한 비상을 꿈꾸고 있다

새날

잠에서 깨어 보니 12시 20분
제야의 종소리가 떠나고
새로운 얼굴 셋이 나란히 앉아 있다
새해, 새달, 새날
달력을 넘겨 묵은해를 덮고,
다시 이불을 쓰고 눕는다

꽃잎에 맺힌 이슬
전봇대를 타고 오르던 능소화
포도를 달리던 단풍잎
땅바닥을 채 덮지 못한 싸락눈
아름다운 영화의 예고편처럼,
맛보기만 보여주고 아쉬움을 남긴 채
1년이 후딱 지나갔다

꽉 찬 인생이 어디 있으랴
넘치는 삶이 어디 있으랴
조금은 허기지고, 조금은 아쉽고,
서럽고 아파도 내색 않고 사는 거지

이만하면 됐다
사랑하는 가족이 있는 집이 있고,
늦은 나이에 열심히 일할 직장이 있다
아직 더 가야 할 미지의 땅이 남아 있고
가끔 우러러볼 푸른 하늘이 있다
이만하면 됐다
소원이야 있지만 감히 청하지 않겠다
등불을 켜지 않아도 새날은 밝아올 것이다

피그미

키가 작아진다
점점 작아진다
딱 평균 키였는데
3cm가 줄어 소인이 되었다
세상의 많은 거인들은
소리없이 쑥쑥 자라는데
나는 자꾸 왜소해진다

늦여름 쨍쨍한 햇볕이
마음까지 까맣게 태운다

급행열차 세우기

말없이 떠나 소식도 없지만
나는 당신이 사는 곳을 알고 있습니다
서해선, '유정' 간이역에서 20리
작은 산밑, 작은 마을, 작은 기와집

완행열차가 사라진 뒤 나도 급행이 되어
당신의 간이역에 내리지 못했습니다
정말 미안합니다
늦었지만 지금 당신을 찾아가겠습니다
간이역에 급행열차를 세우고,
타박타박 걸어서 당신에게 가겠습니다
솔고개 넘고 성황당 고개 넘어
두렁콩 익어가는 논길 따라
수수타래 늘어진 밭둑길을 걸어
수수하고 무심한 당신에게 가겠습니다
앞 개울에서 머리를 감고,
낡은 선풍기 바람으로 머리를 말리고 있을
은행잎 같은 당신에게 가겠습니다
낡은 배낭을 꽉 채운 것은 밤마다 쓴 연서입니다

툇마루에 당신과 나란히 누워,

서쪽 하늘의 구름이 빨갛게 익는 걸 보고 싶습니다

진정

햇살 좋은 가을날
사과를 따던 72세 할머니가 눈물을 흘린다
작고 귀엽던 할아버지 작년에 세상을 떠나고,
할 일 많은 사과밭에 혼자 남았다며 운다
어색한 웃음 어설픈 행동 하나 하나가
사랑의 표현임을 이제 알았다며 눈물을 훔친다
그립다며 보고 싶다며,
수줍게 웃다가 다시 눈물을 흘린다
TV를 보다가 나도 주책없이 따라 운다
따 놓은 사과보다 나무에 남은 사과들이 더 빨갛다

작은 소망

당신이 몸을 세차게 흔들어
나를 떨쳐냈을 때
나는 정 많고 푸르던 어린 잎새
당신이 나를 밟고 돌아선 후
봇물처럼 가슴이 터져 무참히 쏟아진
쓰다 만 편지
부르지 못한 노래
아껴 두었던 밀어
에로스의 금화살

당신이 아주 사라진 후,
돌아오라고 기도했던 수많은 날들
텅 빈 가슴을 눈물로 채우던 숱한 밤
그러나 이제 오랜 세월이 흘러
미련도 희망도 원망도
폭삭 곰삭아 향기가 된 지금
어느 골목길, 노을 쌓인 찻집에서,
우연히 당신을 만난다면
당신이 몸을 흔들기 전에

나는 이미 떠날 날을 고르고 있었노라고
잔잔히 웃으며 말하게 되기를…

이별이 하고 싶다

쓸쓸하게 낙엽 지고,
세월 가는 소리가 청량한 오늘
다시 한 번 이별이 하고 싶다
고개 숙인 당신을 조용히 돌려세우고
나도 돌아서서 걸으며,
당신과 멀어지는 거리만큼
긴 눈물을 흘리고 싶다

더 세월이 흐르고 노을이 짙어지면
이웃집 정원의 고운 단풍잎을 주어
당신에게 안부를 전하리라
"잘 지냈나요 세월이 참 빠르군요
나는 나름대로 잘 살았습니다"
"당신의 뜰에도 예쁜 단풍이 지나요"

수심

물새들 떠나고
춤과 노래를 멈췄어도
수심 깊은 호수는 깊게 얼지 않는다
얼음장 밑은 차라리 평화
따뜻한 심장으로 물고기를
양육하고 굳은 심지로 봄을 기다린다
어두움은 창작의 산실
아름다운 노래를 만들고
멋진 춤을 연습한다
당당히 세상에 내보일 춤과 노래를…
무심한 겨울이 깊어 가도
수심 깊은 호수는 수심이 없다

겨울비

예고도 없이 찾아와
하루 이틀 사흘
비비적 비비적, 흐느적, 흐느적
떠나지 않는 불청객
이제나 가려나 저제나 가려나
자꾸 하늘을 봐도
떠날 기미가 없는 겨울비
한때의 진객도
오래 머물면 천덕꾸러기가 되는 법
나도 주책없이 눈치 없이,
이 세상에 너무 오래 머무는 것 아닌지

소래포구와 소금

텅 빈 가슴에 낙엽 지거든
인천 남동, 소래포구로 오세요
허기진 파도가 밀려오고, 밀려가고
삶과 삶이 깨어졌다 이어지는
사람들의 바다

소래포구에 오시거든
소래철교 위를 걸어 보세요
조랑말 같은 작은 기차가 좁은 철길을 따라
숨 가쁘게 달리던 곳에서
기차에 탔던 흰옷 입은 사람들과
기차에 실려 가던 은빛 소금이
어디로 흘러갔는지 생각해 보세요

소래포구에 오시거든
장도포대지에 들러보세요
아직도 번쩍이는 옹골찬 포신을 보고
선조들의 포효와 한숨 소리를 들으며,
동양선(同樣船)이 우리 바다를 수없이 오가는데

우리 가슴에 장전할 포탄이 얼마나 남아 있는지
깊게 깊게 생각해 보세요

멀리서 파도소리 들리거든
갯가 난간에 기대어 서서
갯골을 따라 힘차게 밀려오는 물살
물길을 따라 빠르게 올라오는
작은 어선들의 행렬을 지켜보며
늙은 어부들의 짠내 나는 웃음을 보세요

지금도 소래포구 역사관에는
소금의 역사를 자세히 설명하고 싶은
초로의 여인이 기다리고 있습니다

늦봄

느리게 가는 봄을 따라
왕송 호숫길 천천히 걷노라면
늦바람 난 유채꽃 이팝꽃이 눈부셔
늦잠 자는 예쁜 공주 깨우고 싶다
길가에 핀 조팝꽃, 덜꿩꽃 조잘대고
햇살의 애무에 속살 보이는 물결,
낮은 물 차고 오르는 해오라기 보면
한 자락의 봄으로 머물고 싶다

왕송 호수 둘레길은
천천히 걸어도 꼴등이 없다
사람마다 써 가는 일기가 다를 뿐,
한 바퀴 돌고 나면 다시 출발선
늦봄은 아직 이별의 노래를 부르지 않는다

별 보는 잔치

잔치를 벌여야겠다
산골 폐교, 큰 마당을 빌려 차일을 치고
큰 솥 걸어 수육을 삶아 내고, 국수를 말고
큰 술독에 막걸리 가득 채워 놓고
가난한 사람, 소외된 사람
집 없는 사람, 아픈 사람
사다리 잃은 사람, 사기당한 사람
모두 초대 해야겠다
잔치를 잊은 사람들에게
별 볼 일 없는 사람들에게
따뜻한 인정을 베풀어야겠다

송해 선생 모셔 노래자랑 하고
응차 응차 줄다리기 하고
편 먹고 윷놀이 하고
풍물패 불러 지축을 흔들어야겠다
마음껏 웃고 마음껏 울고
실컷 떠들고 목청껏 소리 지르도록
멍석을 넓고 깊게 펴야겠다

외로움이 풀릴 때까지
서러움이 가실 때까지
새로운 희망이 싹틀 때까지
술독에 의리의 술을 채우고
별빛 국수를 건져내겠다

지화자 좋다! 곧 예쁜 별이 뜨겠지

껍질

눈비 맞았지
바람 맞았지
이따금 화살 맞았지
밖에, 너무 오래 있었어
곱던 피부가 거북손이 되고
평온하던 마음에도 금이 갔잖아

이제 속이 되고 싶어
순하고 말랑말랑한 속살이 되고 싶어
사랑하는 당신의
소중하고 안쓰러운
아픈 손가락이 되고 싶어

유채꽃 밭에서

노란 바다가 출렁인다
노랑나비가 날아온다
노란빛이 쏟아지는 눈부신 아름다움
저 건너에서 눈먼 고갱이 걸어온다

이 세상에는 두 부류의 사람이 있다
남을 위해 꽃밭을 가꾸는 사람과
내가 가기 위해 꽃밭에 길을 내는 사람

그래도 세상이 이처럼 아름다운 것은
꽃을 밟는 사람보다
꽃씨를 뿌리는 사람이 많기 때문일 것

이제라도 한 뙈기 밭을 일구어
묵은 꽃씨를 뿌려야겠다
늦은 저녁 노을처럼 고운 꽃 피어나면
빚을 지고 살아온 나도 한 송이 꽃이 될 테니

내 뜰의 가을

설핏한 노을 밑
늙은 등나무에 애마를 매어 놓고
나비처럼 떨어지는 은행잎을 보는데
억새 숲을 헤치고
코스모스를 흔들고 온 바람이
금방 떨어진 은행잎을 또르르 말아 갑니다
가을 저녁을 말아 갑니다

올 가을에는
내 뜰에 아무도 초대하지 않겠습니다
오롯이 혼자서 깊어가는 가을과 함께
외로워하고,
서러워하고,
아파하며,
버리면서도 의연한 나무를 닮아 가겠습니다
떠난 것들을 위하여, 버린 것들을 위하여
조용히 눈물을 흘리겠습니다
오래전에 떠난
그대의 가을을 위해 기도하겠습니다

짝사랑

추억의 창가에 항상 네가 있었고
슬픔의 술잔에도 네가 있었다

동백섬 갯바위에 홀로 앉아
빈속을 강술로 채울 때도
모래사장에 텅 빈 가슴을 묻을 때도
너는
도도하게 너만의 노래를 불렀었지
이별의 순간에도 우아하게 춤을 추었지

구름다리 건너 45년 만에 찾아왔는데
너는 한걸음 한걸음 물러서는구나
나는 커다란 쳇바퀴를 돌렸는데
너는 어디까지 갔었느냐 우수아이아, 호카곶?
세상의 끝은 어떠하더냐
아름답더냐 슬프더냐
내 심장은 이가 빠졌는데 네 비늘은 여전히 푸르구나

이제 짝사랑은 끝이 났고
다시 찾아올 가망이 없다
나 떠난 후 발자국을 깨끗이 지우라
나도 나만의 노래를 부르며,
세상 끝으로 떠날 것이다

간이역

세월도 기차도 잊은
간이역 긴 나무의자 위에 노을이 집니다
호박 같은 꽃잎이 떨어집니다
당신과의 사랑은 낭만으로 남았지만
당신이 떠난 날은 아픔으로 남았습니다

폐 침목 위의 고추잠자리는 떠났지만
나는 당신을 기다립니다
오지 않을 당신을
긴 기다림을 기다립니다
당신의 간이역에도 코스모스 피었는지요
행여 샛별이 뜰 때까지
나를 기다리는 건 아닌지요

무법천지

남하고 크게 싸우지 않았으니
경찰서 출입할 일 없었고
송사에 휘말리지 않았으니
변호사를 사거나 법원에 갈 일 없었고
주변 사람들도 죄짓지 않고 살았으니
교도소 면회 갈 일 없었다
이것이 자랑이라면 나의 자랑

법률가는 적을수록 좋고
법은 멀수록 좋다
이 세상이 법 없이도 살 수 있는
무법천지가 되면 좋겠다
내가 가장 듣기 싫어하는 말 중 하나는
'법대로 해라'이다

예쁘다

아침 출근길
청바지 차림의 아가씨가 쭈그려 앉아
담장 밖, 길가로 외출한 덩굴장미를 카메라에 담는다
한 송이 두 송이
예쁘게 더 예쁘게

인기척에 발딱 일어선 아가씨
고개 숙여 인사를 하더니 활짝 웃는다
예쁘다
백송이 장미꽃보다 훨씬 예쁘다

환승

계절은 겨울에서 봄으로 환승했다
지인의 따님, 결혼식에 초대받은 나는
의왕역에서 전철을 타고 가다가
6호선 삼각지역에서 환승해
월드컵 경기장역에서 내려야 한다

밖엔 꽃샘추위가 한창이지만
전철 안은 따뜻하고 조용하다
12살쯤 되어 보이는 소녀가
엄마의 외투 단추를 채워 주며 생긋 웃는다
소녀는 곧 사춘기 열차로 환승할 것이다

신부는 생글생글 웃는데, 엄마는 자꾸 눈물을 훔친다
결혼식은 환승식이다
부모의 차에서 자신들이 운전할 차로 환승하는…
그러나 꽃길만 있겠는가
바퀴가 푹푹 빠지는 비포장길을 가다 보면,
부모의 느려 빠진 낡은 차가 그리울 것이다

눈사람

바람 없이, 바람도 없이
하얀 눈이 내린다
태초의 평화
꿈길 같은 그리움이 사박사박 내린다
우리 오늘 하루 행복해지자
미움, 원망 내려놓고
욕망, 질투 접어 두고
평화와 사랑의 시원을 찾아
긴 여행을 떠나자

소리 없이 소리도 없이
소복소복 눈이 쌓인다
병든 거인의 몸부림
사막여우의 패싸움
북극곰들의 치열한 전쟁
모두 잊고, 전부 다 잊고
원시의 벌판에서 눈사람이 되어 보자
오늘 하루, 똑같아지자 하나가 되자

별

그는 별입니다
조그맣지만 오래 반짝이는 별입니다
낭만적이고 반전이 있는 드라마는 아니지만
우직하게 땀을 흘리며 삶을 일구어 온,
생생한 다큐멘터리의 주인공입니다

그는 아버지이며 남편이며,
할아버지이며 형제이며,
그 누구의 동료이고 이웃이며,
그들이 바라보는 별입니다

그는 사랑하는 사람들을 위하여 노래하고 기도합니다
작은 정원은 아름답고
사랑하는 사람들은 그를 존중하기 때문입니다

생생한 별은 떨어지지 않습니다
다만 오랜 세월이 흐른 후
어머니가 있는 고향으로 돌아갈 뿐이지요

무재주

돈 많은 사람보다
재주 가진 사람들이 더 부럽다
노래 잘하는 사람
춤 잘 추는 사람
악기 연주 잘하는 사람
그림 잘 그리는 사람
요리 잘하는 사람
만들기 잘하는 사람 등
나는 아무런 재주가 없다
남들이 다 잘하는 잡기에도 소질이 없고
심지어 낚시도 잘 안된다
'나는 왜 아무런 재주도 없이 태어났을까?'
어머니 생전에 푸념을 하니
어머니 대답은 명료했다
'무재주도 재주다'
그렇다 무재주도 재주다
남의 재주 구경하며 박수치는 것도
재주는 재주다

낮달이 뜨는 동네

모르는 사람은 모른다
비탈길을 오르는 고통, 일상이 된 가난에도
달콤함이 숨어 있다는 것을
아는 사람은 안다
사랑의 짐은 아무리 커도 질 수 있고,
꿈은 작을수록 아름답다는 것을
우리 모두 알고 있다
삶은 종교이며, 기도하며 살아야 한다는 것을

산기슭에 조그맣게 겹겹이 지어진
벽화마을, 비탈길을 오르노라면
어디선가 이팝꽃 향기가 나고
이름 모를 작은 새의 노랫소리가 들린다
원하지 않은 곳에서 원하는 삶을 찾은
채송화 같은 사람들의 미소가 보인다

어깨를 맞대고 따뜻한 정을 나누며
긴 세월을 살아온 사람들은 알았을 것이다
내가 서 있는 곳이 우주의 중심이란 것을…

비탈길, 꼭대기 작은 마당에 서면,
남도의 작고 예쁜 낮달이 뜬다

봄이 간다

꽃처럼 웃는다
환하고 예쁘게 웃는다
만날 때도 웃고
헤어질 때도 웃는다
그 사람 가슴속에
무슨 꽃이 피었길래
언제나 봄처럼 웃는 걸까

꽃은 피어도 곧 지고
아름다운 사람은
오래 머물지 않는 법
깊은 정 들기 전에
그 사람이 떠난다
웃으며 살라는 숙제를 남기고…

현란한 봄이 그 사람을 따라간다
숨죽여 부는 바람에
하얀 벚꽃이 무너져 내린다

긴 사랑의 마무리

연분홍 코스모스 애틋한 그리움을 앓고,
작은 단풍잎 힘겹게 지구를 굴리는 오늘
당신이 오시면 좋겠습니다
맑고 밝고 높아 조심스럽던 당신
조금은 주름진 얼굴로
조금은 지친 모습으로
내게 오시면 좋겠습니다

호숫가의 벤치, 당신이 앉을 자리에는
하얀 손수건을 깔아 드리지요
오래 머물길 바라진 않습니다
잘 익는 해님이
호수에 황금 마찻길을 내면 그때 떠나세요
그러나, 내가 당신에게 하고 싶었던 말
당신이 먼저 해 주시면 좋겠습니다
"많이 보고 싶었어요."

작은 비밀

풀숲의 꽃을 보았습니다
작고 예쁜 보라색 꽃
무슨 꽃이었지
이름이 뭐였더라
생각이 나지 않았습니다
분명 좋아하던 꽃이었는데…

문득 여인의 얼굴이 떠올랐습니다
통통한 볼에 서글서글한 눈동자
이름이 뭐였더라
'수미'였던가 '수진'이었던가
분명 좋아하던 사람이었는데…

잊으며 삽니다
잃으며 삽니다
소중했던 것들이 멀어지면서
꽉 채워 본 적 없는 가슴이
조금씩 무너집니다

그리 슬프지는 않지만

사는 게 미안할 때가 있습니다

늦가을

영화가 진다
우수가 진다
누군가의 그늘이었고
또 누군가의 위안이었을
빨간 단풍잎이 떨어진다

달력 한 장이 떨어진다
전화번호 몇 개가 떨어진다
여기저기 붙어있던 포스트잇이
소리 없이 떨어진다

상실의 계절
나무는 나목이 되어 가고,
나는 혼자 되어 간다
기적소리가 애연히 멀어진다

아프고 슬퍼도
혼자 서 있어야 할 시간들
희망과 희열은 없을지라도
아름답게 사는 법을 배워야 한다

게으른 사람이 아름답다

겨울이다
하얀 낮달도
가지 끝의 나뭇잎도
탱탱 얼어붙었다
사람들의 심장이 작아지며
지리산 반달곰이 되어 가고
인적 끊긴 거리에는 칼바람이 분다

이참에 모두 겨울잠에 들자
가던 길 멈추고,
하던 일 접어 두고,
달콤한 겨울잠에 빠지자
평온하고 긴 꿈속에서
가쁜 숨 몰아쉬며 달려오는
예쁜 미소의 소녀를 만나자
기다림의 꿈은 행복하리라

겨울엔 게으른 사람이 아름답다

흐르는 소리

평화 그리고 또 평화

고찰의 풍경소리
개여울 흐르는 소리
솔바람 소리
작은 멧새의 노랫소리

아름다운 회억

아기 우는 소리
예쁜 엄마의 자장가 소리
젊은 아빠의 휘파람 소리
밥 먹으라고 부르던 할머니 목소리

아주 조그만 상처

시든 연잎에 떨어지는 빗방울 소리
돌아오지 않는 뱃고동 소리
덜컥, 기차 멈추는 소리

이별까지 예뻤던 여인의 하이힐 소리

현실

가랑잎 구르는 소리
세월 흐르는 소리
비현실적인 교회 종소리
그리고……

행복 찾기

우리 잠시 쉬었다 가기로
해요 클로버 풀숲에 앉아
흘러가는 흰 구름을 봐요
우리가 여기까지 온 것이
아직 살아있는 것이
어쩌면 행운이 아닌가요?

우리 잠깐 뒤돌아봐요
소중하고 아름다운 것들을
너무 쉽게 버리고 무심히 지나쳤어요
다리를 건너던 무지개
의연히 핀 탱자나무꽃

우리는 척박한 땅에 굴을 파고
온종일 금맥을 찾았어요
황금빛 찬란한 내일을 꿈꾸며
오늘을 희생했지요

이제부터 천천히 걸으며
가까운 곳에서 행복을 찾아요
황금보다 귀중한 지금을 즐겨요
후회할 건 없어요
어차피 인생은 초행길 아닌가요?

온양에서

세종대왕 원경왕후에게도
멀고 멀었던 치유의 땅 온양에
공짜 전철 타고 2시간에 올 수 있는 것이
얼마나 기쁜 일인가

넓은 역 광장, 키 큰 소나무 밑 벤치에 앉아,
따뜻한 햇볕 쬐며 역사의 숨결을 느껴보는 것이
얼마나 가슴 벅찬 일인가

거리에 신혼부부는 보이지 않아도
아직도 젊은 온천탕에 식은 가슴 데우는 것이
얼마나 뿌듯한 일인가

문화거리 둘러보고 전통시장 거닐다가
길모퉁이 오래된 국밥집에 들어가
막걸리 한 사발에 소머리국밥 한 뚝배기 비우는 것이
얼마나 행복한 일인가

예전에는 쉬이 올 수 없던 곳
내일도 모레도 올 수 있으니 이웃이 된 온양
세월은 흘러도 추억은 늙지 않는 것
더 세월이 흐른 후,
오늘의 행복이 가장 젊은 추억으로 남을 것이다

행복 줍기

바람을 등진 어부가
빈 배로 포구에 돌아와
어물전을 기웃거린다고
손가락질하지 마세요

사냥에 실패한 사냥꾼이
빈손으로 산을 내려오다
떨어진 도토리를 줍는다고
흉보고 비웃지 마세요

목표를 다 이루고 사는 사람은 없습니다
인생은 어차피
희망이란 커다란 산밑에서
조그만 행복을 줍는 일 아닐까요?

가는 봄

작은 당신의 세상에도
봄이 왔으면 좋겠습니다
창문 밖엔 하얀 목련이 피고
방엔 따뜻한 햇볕이 가득했으면
정말 좋겠습니다

몸은 사나브로 야위어 갈지라도
벽엔 천천히 가는 시계가 걸리고
순백의 스크린에 당신의 화양연화가
하루 종일 상영되면 좋겠습니다

이토록 아름다운 봄인데
당신과 동행할 수 없어 미안합니다
위로의 말조차 할 수 없어,
더욱 미안합니다

꽃비가 내리면 커튼을 내리세요
나의 노래와 기도가 당신을 찾아갈 테니…
봄이 가고 당신이 떠나도

나는 당신의 봄으로 남겠습니다

돌아올 봄이 외롭고, 아플지라도…

기다림

바람 부는 날
오늘처럼 꽃샘추위 하는 날은
화분에 핀 꽃을 잊는 수가 있다
쓰러진 가슴 일으켜 세우며
호접란에 물을 줘야 겠다
행여 호랑나비 찾아들지 모르니

당수동 코스모스 꽃밭에서

샌구름 뜨고, 소슬바람 부는
당수동 코스모스 꽃길 걸으면
하얀 얼굴의 여인 만날 것 같아
꽃보다 안 예뻐, 사진 안 찍겠다던
새침한 여인

해걸음 빨라져,
하나 둘 사람들 떠나고, 벌 나비 날아간
황화 코스모스 꽃밭에 서 있으면
망원경에서 사라졌던
어릴 적 친구들 돌아올 것 같아
꽃 따서 헬리콥터 돌리던
까까머리 아이들

당수동 코스모스 꽃밭에
사람이 떠나고 사랑이 떠나는데
주책없이 아직도 그리움에 몸살 하는 건
제자리에 있는 코스모스보다,
떠난 사람들이 아름답기 때문에…

막걸리

대여섯살쯤 됐을 때
할머니를 따라 동네 대갓집에 자주 갔다
혼인하는 집도 가고, 상갓집에도 갔다
할머니 옆에 앉아 있으면
할머니는 손자가 귀여워, 한모금 두모금
막걸리를 먹이시고,
해질녘 집에 돌아올 때는
할머니도 나도 비틀거렸다

성인이 되어서도 막걸리를 자주 마셨다
삶이 힘들어 비틀거릴 때,
막걸리 한 잔 쭉 들이키면
안 보이던 지평선이 열리곤 했다

오늘도 혼자 막걸리를 마신다
밋밋해진 삶과 옛 추억을 함께 마신다

테트라포드

강하다고 해서
안 아픈게 아니다
상처 안 받는게 아니다
외롭지 않은 것도 아니다
작은 파도에 하루 종일 뺨을 얻어 맞고
큰 파도에 멍석말이 당해,
온몸이 시퍼렇게 멍이 들고
상처에 진물이 흘러도
의연히 자리를 지키는 건
이 자리가 하늘이 정해 준
가장 아름다운 자리이기 때문이다
여러 사람이 평화롭고 행복하다면
고통의 세월도 보람의 시간
利他는 利己 강하고,
희생은 사랑의 또 다른 이름이다

그러나 몽글몽글한 소망 하나
작년에 와서 한참 머물다 간 키 작은 소녀
또박또박 걸어서 다시 와 주길…

모나리자 떠나다

긴 세월 사랑의 노래를 불렀지만
당신은
거절의 의미인지, 관심의 표시인지 모를
희미한 미소를 흘렸을 뿐
한 번도 곁을 주지 않았습니다
홀연히 당신이 떠난 뒤에 알았지요
이제 더 사랑할 대상도
더 사랑할 시간도 없다는 것을…
당신은 너무 늦게 떠났고,
나는 너무 오래 기다렸습니다

당신은 종착지를 찾아 떠났지만
나는 종착지를 잃었습니다
이제 희망은 사라지고, 실어증에 걸렸으니
당신이 비운 공간을 채울 노래도 없습니다
서쪽에서 빛나는 별은 누구의 이정표인가요
아무튼
나의 아름다운 시절은 당신의 미소에 소진되고,
당신은 너무 늦게 떠났습니다

걸작품

올해도 봉화에서 사과가 배달되었다
커다란 상자에 가득 담긴 도시 농부의 땀방울
작년에 못난이 사과를 받아먹고,
맛있다고 인사를 했더니
내년에는 좋은 사과를 보내주겠다는 약속을 했고
아우뻘 되는 지인이 그 약속을 지켰다
바쁜 회사 생활
그중에서도 해외 출장이 절반인 그가
어떻게 시간을 쪼개어 훌륭한 사과를 만들어 냈을까
그의 부지런함과 열정이 보인다
폴 세잔의 사과보다 귀한 걸작품
먹지 말고 오래 두고 보고 싶다

메시지

그냥 묻는 거예요
잘 있는지 행복한지
전화기 속의 당신 전화번호
지운지 10년인데,
건망증 심해진 머리에서
가끔 튀어나오는 11자리 숫자
그냥 묻는 거예요
아프지 않은지… 살던 곳에 사는지
비 오는 오늘, 몇 번을 썼다 지워요
보내고 싶은 메시지

노을 그리기

진실에 더 가까워지려고 노력했고,
남에게 피해 주지 않으려 조심했다
선택할 삶이 별로 없었지만 절망하지 않았고
힘든 생활이었지만 포기하지 않았으며
큰 희망을 갖거나 지나친 욕심도 내지 않았으니
나는 나름대로 분수를 알았고 현명했다

우리집은 일반아파트 14층 서향집이다
운명처럼, 커튼만 젖히면 쉽게 노을을 볼 수 있다
그러나 나는 자주 노을을 보지 않는다
이미 내 사위(四圍)가 모두 노을 빛이므로…

비구름 떠나고 노을이 피었다
수줍고 앳된 노을이 곱게 피었다
오늘은 베란다로 나와 창문을 열고 노을을 본다
열심히 산 하루의 끝자락이 꿈속처럼 아름답다

나도 예쁜 노을을 그려야겠다
순백의 도화지에 말갛고 고운, 나만의 노을을 그려야겠다

2부

사랑 더하기 사랑

내가 밥 할게

"현관문이 제대로 안 닫혔잖아요
신발 좀 제대로 벗어 놓지
화장실 깨끗이 쓰면 어디가 덧나나
tv 볼륨이 너무 커요
다리 꼬고 앉지 말라니까"

매일 듣는 아내의 잔소리,
이제 음악으로 듣는다
그저 나는 점점 순해지는 아내의 밥

만만한 사람 없는 세상에,
누구의 만만한 사람이 되는 것도 괜찮은 일
여보 평생 따뜻한 밥 얻어먹었으니
'지금부터 내가 당신 밥 할게'

아들

우직하고 사교성 없지만
인정 많고 속내 깊은 사람이
묵묵히 세상 속을 걸어간다
아버지라는 위대한 이름을 선물해 준
내 아들이 거친 세파를 헤쳐 간다
보고 있으면 안쓰럽고 미안하다

뛰어난 유전자를 물려주지 못해 미안하다
든든한 배경이 되어 주지 못해 미안하다
사랑과 관심이 부족해서 미안하다
장점도 많은데, 단점만 들춰서 미안하다
자상하게 다독이며 격려한 적이 없어 미안하다
뭘 주고 싶은데 줄 것이 없어 미안하다
앞으로 짐이 될 것 같아 더욱 미안하다

그래도, 내 아들은 건강하고 아름답고
부끄러울 것 없는 당당한 사람이다
내가 일등으로 믿고 의지하는 든든한 사람이다

사랑을 읽다

책을 읽는다
유익한 책이라며 딸이 사다 준,
베스트셀러를 읽는다
몇 페이지를 읽으니
자꾸 눈이 감긴다

정신을 바짝 차리고
다시 책을 읽는다
한 줄 한 줄 집중해서 읽는다
나는 지금,
이제 중년이 되어 가는
딸내미의 뭉근한 사랑을
졸음을 참으며 읽고 있다

핫팩과 난로

이틀 동안 벌어진 동네잔치
인순이가 나오고 조항조도 출연하는
야외공연에 아내와 같이 갔다
사람들은 구름 같고, 환호성 우레 같은데
늦가을 바람이 플라스틱 의자만큼 차갑다
기침을 몇 번 하니 아내가 하나뿐인 핫팩을 건넨다
사양해도 막무가내 기어이 내 손에 쥐어 준다
잠깐 사이에 손은 따뜻해지는데 코끝이 시리다

집으로 돌아오는 길,
아내의 손을 끌어다 코트주머니에 넣었다
주머니 안에서 꼭 잡은 두 손, 십수 년 만의 합궁이다
온몸이 따뜻해지고 마음이 편안해진다
각방 쓴 긴 세월이 아쉽고 아깝다
핫팩처럼 비비지 않아도 따뜻해지는 난로를 잊고 있었다니
동네잔치 끝나는 오늘이
우리의 진정한 첫날밤인지도 모른다

아내

토요일 오후
소파에 누워 살짝 잠드는데
아내가 이불을 가져다
살포시 덮어 준다
온몸에 퍼지는 묵은 정,
호의가 무거워
눈을 뜨지 못한다
아내
늙을수록 무거워지는 아내

나도 엄마 있다

젊은 엄마 품에 안겨 새근새근 잠든 아기를 보면
참 예쁘다
엄마가 미는 유아차에서 생글생글 웃는 아기를 보면
참 귀엽다
엄마 손잡고 유치원 가는 어린이를 보면
참 부럽다
아, 참 나도 엄마 있다
세상이 좁아 새우처럼 등 굽고
잠자리처럼 눈물샘 많은,
우리 엄마 있다
멀고도 가까운 곳에,
내 엄마 있다
엄마가 있는 한 나도 세 살 아기가 될 수 있다

어머니의 섬

큰길가 낡은 섬에 어머니가 산다
관절이 아픈 현관문을 열면
세월마저 지운 순한 얼굴의 보살님

불을 끄고 나란히 누워
밤새 이야기나 하자는 어머니
숨 가쁘게 레코드판이 돌아간다
의무만 지고 오는 자식들 이야기
원정 가버린 동네 인심 이야기
며칠 전 세상 떠난 복남 아저씨 이야기
이따금 늦겨울 바람이 창문을 때리고,
어머니는 다 돌아간 판을 다시 건다

한참 후
대꾸가 없자 잠시 코를 골던 어머니
조용히 일어나 이불을 다시 덮어 준다
잠든 척 돌아눕지만, 밀려오는 미안함,
시베리아 여행길 같은 하얀 밤

올해도 어머니의 섬에 개나리, 진달래 피고
보리수, 돌배, 사과, 숱하게 열릴 텐데,
어머니의 늙은 지팡이는 어디에 두었을까?
더러 바람도 갇히는 불효도에
아침마다 영양제 챙겨 먹는 어머니가 산다

대면

햇살 좋은 5월의 아침,
산부인과 신생아실 커튼이 걷히고
간호사에게 안긴 아기가 유리창 앞에 다가왔다
아주 잠깐 실눈을 뜨고 나를 보는 핏덩이 2.7kg
짜릿한 전율이 온몸을 휘감는다
"참 예쁘네"
내 입 모양을 보았는지 간호사가 화답한다
"예뻐요"

한참을 넋을 잃고 손녀의 얼굴을 쳐다보니
손녀의 얼굴이 가슴에 커다랗게 각인된다
참으로 강렬한 대면
나는 이제 진짜 할아버지다

맘마로 통한다

맘마 맘마
11달 된 손녀의 유일한 말
우유도 맘마
이유식도 맘마
쪽쪽이도 맘마
장난감도 맘마
심지어 엄마도 맘마
그래도 어미는 잘 알아챈다
쪽쪽이 줄까?
우유 줄까?
안아 줄까?
물어볼 때마다 손녀는 웃음으로 답하고,
어미의 얼굴에도 웃음꽃이 피어난다
한마디 말, 맘마로 통하는 모녀가
예쁘고 귀엽다

걸음마 걸음마

아이 잘한다
아이 잘한다
아기가 걷는다 한 발 두 발
아기가 걷는다 세 발 네 발
비척비척 걷다가 엉덩방아를 찧어도,
손뼉을 치며 환하게 웃는다
스스로 대견하고, 자랑스러운 듯

손녀가 걷는다 한 발 두 발
넘어져도 다시 일어나 걷는다
돌 지나고 이룬 위대한 성취
직립보행

아가야 멀리 보고 걸어라
아가야 너만의 길을 걸어라
네가 걷는 길은 모두 동화가 되고
네 발자국엔 예쁜 꽃 피어날지니

전복

아기가 휴대폰을 좋아한다
벌써 켜고 끌 뿐 아니라
손가락으로 밀어 장면을 바꾼다
제가 보고 싶은 그림이 나오지 않으면
내 손을 끌어당기며 간절한 표정을 짓는다
아기에게 해로울 것 같아 휴대폰을 감춰 놓으면
금방 보고 배우는지 제 물건을 감춰 놓는다
소파 밑에 쪽쪽이를 던져 놓고,
장난감 통에 머리 고무줄을 숨기고…
참으로 앙증맞고, 귀여운 반항이다

아기가 흥이 많아 벌써 가무를 시작했다
간신히 서서 균형을 잡으면,
두 팔을 올려 좌우로 흔들며 옹알옹알 노래를 한다
신기하고 기특하고 재미있다
세상을 뒤집을 댄스 가수가 되려나

성대역 마트에 가서 싱싱한 전복을 샀다
제 어미에게 시켜 맛있는 죽을 쑤어 먹일 참이다
맛있게 냠냠 먹어야 할 텐데…
첫돌이 며칠 남지 않은 소중한 손녀가
전복죽 먹고 전복(全福)했으면 좋겠다

뚝딱

커튼 뒤에 숨어 저만의 공간을 만들고
이불을 맞들어 지붕을 만들어 달라던 손녀에게
예쁘고 앙증맞은 집이 생겼다
거실 창문가에 뚝딱 자리 잡은 베이지색 텐트
이부자리며 장난감을 들여 놓고,
생글생글 들락날락, 지은이가 신이 났다
22개월 지은이에게
융자도 등록세, 취득세도 없는 집이 생겼다

집값이 풍선이 되어 올라가니
집 없는 사람들이 사다리가 없어졌다고 아우성이다
집 없는 사람들에게 뚝딱 집이 생기면 좋겠다

예쁜 늪

아기가 예쁘다
자는 것도 예쁘고
노는 것도 예쁘다
아기가 예쁘다
먹는 것도 예쁘고
걷는 것도 예쁘다
아기가 예쁘다
떼를 써도 예쁘고
말썽을 부려도 예쁘다
볼수록 빠져드는 늪
사람에게 빠져
바보가 되는 것보다
더 행복한 일이 있을까

보름달

가슴이 텅 비고 집안이 휑하다
16개월 된 손녀가 친가로 추석을 쇠러 갔다
절간 같은 집안에 부처님처럼 앉아 있으려니
손녀의 얼굴이 자꾸 떠오른다
슬며시 일어나 손녀의 흔적을 줍는다
내 방에 있던 그림책을 제자리에 갖다 놓고
여기저기 흩어져 있는 장난감을 정리하고
괜히 기저귀통을 어루만진다

보름달을 보려고 베란다에 나갔지만
아파트 등 뒤에 숨은 달이 보이지 않는다
아쉬움을 뒤로하고, 투덜거리며 방에 들어오니,
아내의 휴대폰에 보름달이 환하게 떴다
진정 내가 보고 싶은 밝고 커다란 보름달

병원 놀이

병원에서 막 퇴원한 64살 할머니와
두 살 반 손녀가 병원 놀이를 한다
할머니는 환자, 손녀는 의사
'어디가 아파요?' 묻고는
체온을 재고 여기저기 청진기를 대어 보는
손녀의 표정이 사뭇 진지하다
잠시 후,
진찰이 끝났는지 얼굴을 마주 보고
호호, 깔깔 웃어대는 두 사람

손녀 손은 약손
손녀 손은 약손
아내의 고약한 병이
손녀의 고사리손으로 치유됐으면 좋겠다
애틋한 두 사람이 오래 같이 했으면 좋겠다

나비 꿈

아가야, 나비잠 자는 얼굴에 무지개가 피었구나
작은 꽃길 따라
팔랑팔랑 나비 따라
아장아장 걸어서 어디까지 갔느냐
가는 길에 하얀 성에 사는 예쁜 공주 보았느냐

하늘은 푸르고 세상은 평온하며
물결은 잔잔하고 너의 성은 튼튼하다
잘 자거라 아가야
잘 자거라 아가야
힘센 할애비가 보초병이 되어 주마
동화 속의 공주처럼 슬기롭게 자라거라
꿈속의 나비같이 예쁘게 자라거라

탤런트

옹알옹알 노래를 한다
어깨를 들썩이며 춤을 춘다
두 손을 어깨높이로 올리고
빙글빙글 잘도 돈다
관객의 박수와 환호가 터진다
신이 난 우리의 스타
관객들을 모두 무대에 불러들인다
모두가 하나 되어 노래하고 춤춘다
라라 라라 핑크퐁
안녕 안녕 핑크퐁
작은 거실이 큰 무대가 되고
18개월짜리 대 스타가 탄생한다
관객은,
엄마 아빠, 할머니 할아버지, 삼촌

정일품 벼슬

예전에는
누가 '할아버지' 하고 부르면
기분이 가라앉고 어깨에 힘이 빠졌다
무기력해지고 창피하기도 했다
그런데, 요즘에는
다섯 살 손녀가 '할아버지' 하고 부르면
세상이 환해지고 으쓱 기운이 난다
높은 감투를 쓴 것처럼 자신감이 생긴다

내게 유일한 벼슬은 할아버지이다
정일품 벼슬보다 높은 벼슬이다
그러니 벼슬 값을 해야지
오래오래, 맑은 정신 건강한 몸으로
손녀가 자라는 모습을 지켜봐야지

메리 크리스마스

성탄절 아침
네 살 지은이와
종이비행기를 접는다
예쁘게 날씬하게…

둘이서 비행기 타고
쌩쌩 날아서 핀란드로 간다
로바니에미 공항,
스키 멘 산타가 마중 나와 있다
'헤이 헤이'
'안녕하세요'

산타와 함께 쌩쌩 달려서
산타의 집으로 간다
메리 크리스마스 메리 크리스마스
네가 있어 좋은 날

천재가 아니라니

이제 4살 반인데
이름 똑바로 쓰고
100까지 술술 세고
그림만 보고 동화책을 읽고
영어 단어도 많이 외우고
컴퓨터 오락도 곧잘 하고
하나를 가르치면 열을 알아
영재인 줄 알았는데
아니 천재인 줄 알았는데
잔뜩 들뜬 나에게
제 어미가 뾰족하게 내뱉는다
'요즘 애들 다 그만큼은 해요'
아니 천재가 아니라 보통이라니
어이가 없다
내가 구석기 시대에서 왔나 보다

네 이름 하나만으로

무럭무럭 자라서
성큼성큼 걸어갈 때
따라가지도 붙잡지도 못한다는 걸
나는 알고 있단다

멀리서 지켜보며,
기다림과 그리움으로
긴 시간을 보내야 하는 것도
나는 알고 있단다

안타깝지만 시간이 흐를수록
너에게 나의 존재가 가벼워지고,
조금씩 거리가 벌어질 것이란 것도
나는 알고 있단다

그렇지만, 훗날에
네가 어디에서 무엇을 하든
네 이름 하나만으로도
이 세상은 충분히 아름답고

내가 행복할 것이란 걸
나는 이미 알고 있단다

적어도 내가 보기엔

내 손녀 지은이는 재주가 많다
노래하면 가수요
춤을 추면 무용수요
그림을 그리면 화가요
말을 하면 아나운서이다
적어도 내가 보기엔 그렇다

지은이가 가만히 앉아 있으면
한 폭의 그림이다
적어도 내가 보기엔 그렇다

사랑 접기

여섯 살 손녀와
고운 색종이로 종이접기를 한다
꽃도 접고 토끼도 접고
피아노도 접고, 집도 접는다
오늘은 하트 모형을 많이 접었다
손녀가 시키는 대로
이리 접고 저리 접으니
깜찍한 하트가 되었다

내 생애
남은 색종이는 몇 장이나 될까
내일도 사랑을 접을 수 있으면 좋겠다

둥글 둥글

아내가
방바닥에 불룩한 배를 부리고 누워 있다
내가 손으로 배를 툭 치며 농담을 던진다
"배가 남산만 하네"
아내가 아무렇지 않게 대꾸한다
"배 들어가면 허리 굽어요"
허허, 어이없어 내가 웃는다
하하, 아내가 따라 웃는다
늙으면 좋은 것 하나,
서로 편해지고, 둥글둥글해진다는 것
아내의 불룩한 배가 밉지 않다

엄마 없다

한겨울에 호랑나비
눈앞에 나풀대다 사라지더니
내 어머니 가셨다
한도 원도 접어두고
기다림 노여움 놓아 두고,
나비 되어 어머니 떠나셨다
굽은 허리 곧게 펴고,
삼베 정장 차려 입고,
칠성판 덮으시고,
아버지 곁에 묻히셨다
어두운 강 건너시며
혹시 내 이름 부르셨을까

하늘 위에 엄마 있다
땅속에도 엄마 있다
도처에 엄마 있다
아니, 아니 엄마 없다
이세상에 내 어머니 안 계신다

3부

새파란 나뭇잎도 지더라

어머니의 안부 전화

꽃길 막고 눈 오는 오늘도
여수 향일암 바위틈에는
춘향이 댕기 같은 동백꽃이 빨갛게 피고,
남해 보리암 보살님은
부풀어 오르던 유채꽃 꽃망울을 넋을 잃고 바라보다,
차가운 샘물에 점심밥 지을 쌀을 씻고
해수관음보살님은 먼 바다 바라보며,
달콤한 로맨스를 꿈꾸시겠지

오늘은 매번 똑같은 어머니의 안부전화를 받고 싶다
'잘 지냈니
허리 아픈 데는 괜찮고
아프지 말고 늙지 말아라 제발 아프지 말어'

천년의 전설

사랑하다 지치거든 천장호수 찾아 오소
용 등허리 밟듯 출렁다리 건너면서
제 몸 버려 아이 살린 황룡 전설 들어 보오
천년이 흘러도 푸른 호수 여일하고
칠갑산 호랑이는 여전히 포효하오

세상살이 힘들거든 칠갑산에 들어 보오
산길 옆의 산수유꽃 수줍어 내외하고
골짜기 구름안개 서둘러 이사하오
장승공원 들러보면 장승들이 가득하나
다가가도 말이 없고, 떠나가도 말이 없소

고색창연한 장곡사에 올라가면,
모르는 사람들도 반갑게 인사하는데
상 대웅전 부처님은 금장하러 출타하시고,
석조대좌만 쓸쓸히 주인 오시길 기다리오
얻으면 잃게 되고 잃으면 얻게 되고,
인생사 희비가 생각하기 나름이오

산허리엔 진달래 지천인데
올라야 할 봉우리는 안개 속에 아득하오
힘들고 지친 사람 손 이끌고 올라가소
배려해야 사람 얻고, 희생해야 사랑 얻소

영산홍

도로 옆 작은 공원
초라한 작은 계집애들이
겨우내 햇볕 주어 공기놀이 하더니
봄이 무르익자 처녀가 되어,
화장하고, 성장하고 길을 막아선다
요염한 눈빛, 풍염한 자태

눈이 부셔 눈이 부셔
유혹의 늪에 빠지기 싫으니
살며시 눈 감고 걷는 수밖에

봄의 완성

대동강물은 아직 꽁꽁 얼어 있는데
우수에 비가 내립니다.
연인의 속삭임처럼 조용히 비가 내립니다
꽁꽁 얼었던 대지와 바싹 마른 나뭇가지가
촉촉이 젖어 기지개를 켭니다
곧 양산 통도사의 홍매화가 피겠지요

겨울에 만난 당신은 봄날이었습니다
얼굴엔 송알송알 꽃송이가 피어나고
가녀린 몸에서는 수리취 향기가 났습니다
그러나 당신이 떠난 뒤 알았습니다
내 겨울에도 한 뙈기의 꽃밭이 있었듯이
당신의 봄에도 작지 않은 냉골이 있었다는 걸

늙어 가는 게 서럽지만은 않습니다
서릿발, 얼음 모두 녹아 몸이 따뜻해지고,
욕심을 버리니 매사가 편안해졌습니다
올해의 봄은 작년보다 아름다울 것이며
나는 그 속에서 행복할 것입니다

당신의 봄도 꿈처럼 아름답길 기도합니다

요즘에야 알았습니다
그리움마저 내려놓아야 봄이 완성된다는 것을

생살여탈권

화장실에 불청객이 찾아오니
보는 족족 밟아 죽이라는 아내의 명령,
아침에 화장실 문을 여니
새까맣고 조그만 바퀴벌레가
발발발 기어가다 멈춰 선다
태어난 지 얼마 되지 않는 아기 바퀴,
밟을까 말까 죽일까 살려 줄까
볼일도 잊어버리고 생각에 빠진다
바퀴는 몇 번 밟아 죽인 경험이 있다
물 한 방을 흘리지 않고 푸석하게 밟히는 놈
하찮고 하찮은 놈
발을 들어 올렸다
이놈들 번식력이 엄청나게 좋다는데
우리집이 바퀴벌레 천국이 될라
아니지, 발을 내려놓는다
말만 들었지 이놈들 범행 현장을 본 적도,
피해자를 만나 본 적도 없다
그저 보기 흉한 게 원죄일 뿐
거기다가 이놈은 아기가 아닌가

그러고 보니 나에게 생살여탈권이 있구나
무섭고 무거운 생살여탈권
살려 주기로 한다
자고로 권력은 자비로워야 하는 것
바퀴가 바르르 기어서 빨래통 뒤에 숨는다
찝찝하지만 잘했다는 생각이 든다
쉿, 그러나 이건 비밀이다
아내가 알면 직무유기로 문책할지도 모르니…

바래봉 철쭉꽃

사랑 사랑 사랑 내 사랑이야
사랑 사랑 사랑 내 사랑이야
바람의 속삭임, 바람의 노랫소리에
일찍 처녀를 열어버린 춘향

아침 비 그친 남원골
회색 말 탄 몽룡이는 바래봉을 넘어가고
산기슭에는
춘향의 연심이 연분홍 꽃으로 피어났다

기다림의 시간은 얼마이며
그리움의 무게는 또 얼마일까
눈시울 붉히며 한숨 쉬던 춘향이
달콤한 바람이 불어오자 어깨를 들썩인다

바람들라 바람들라 또 바람들라
관음중 해님이 손가락 사이로 쳐다보고
춘향이 춤사위에는 흥이 오른다
약속이 아득하면 변심해도 좋은 날

긴 여행을 떠나라

흰 고양이여 춤을 추어라
알몸이 되어 삼바춤을 추어라
요염한 시절의 혀를 삼키며
바쿠스의 선물 데킬라를 마셔라

더러는 미친들
가끔은 환장한들
하얀 털이 검은색으로 바뀌겠느냐
네 눈이 선하다는 말에 감동하지 말라

부럽지 않으냐 너는
수시로 검은 강을 헤엄쳐
쾌락의 왕관과 커다란 생선을 물고 오는
오염되지 않은 털을 가진 검은 고양이가

털이 하얘서 아픈 고양이여
네 자리가 아름답다는 말은 족쇄
이제 시곗바늘 대신 지구를 돌려라
돌아오지 않을 긴 여행을 떠나라

섬

잊었나 보다
잊었나 보다
오늘도 우편함 텅 빈 걸 보니,
명치끝이 아프다고 하소연하면
내가 더 아프다고 엄살을 떨던
밀감 빛 해넘이 좋아하던 너

섬 위에 섬이 진다
낡은 우편함 위에 아픈 낙엽이
슬픈 바람이 떨어진다

너의 섬은 어디에 멈춰섰는가
숨결 같은 바람 잦아들고,
잿빛 하늘 이불속에 들면
빈센트의 별 무수히 떨어질 텐데

너는 아는가
낙엽 지는 섬엔 기다림이 끝나도
그리움이 빨갛게 익어 간다는 사실을…

겨울 장미

와! 작은 탄성이 들리거든
겨울 장미 한 송이 피어난 줄 아세요
가시밭에서 향기로운 꿈을 꾸던
작은 꿈 송이 깨어나
한 뼘 햇살과 눈 맞춤한 줄 아세요
이제 그만 멈추고 싶을 때엔,
첫눈 속의 겨울 장미 생각하세요

오늘 같은 날은

벚꽃 활짝 피어 함성 지르는
오늘 같은 날은
활활 타도록 가슴에 불을 지르자
구질구질하게 사랑의 무게를 달지 말자

노란 개나리 길게 손 내밀어 악수 청하는
오늘 같은 날은
숨겨 두었던 비수를 내던져 버리자
치사하게 미움의 깊이를 재지 말자

순백의 목련꽃, 하늘을 향해
수줍게 입술을 벌렸다
넓고 푹신한 봄 침대에 눕자
꿀 같이 달콤한 꿈을 꾸자

거미의 펠리스

가늠해서 건너뛸 만큼만
분수 맞게 가질 만큼만
대신,
신념대로 용기있게
아름답고 치열하게

가을 비바람에 낙엽이 떨어져도
집을 버리지 않는 거미가 있다
흠뻑 젖고 마구 흔들려도
거꾸로 매달린 채 소박한 꿈을 지키는
작고 가녀린 거미가 있다
한 번도 위장전입 해보지 않은 거미가
펠리스를 꿈꿔 보지 않은 거미가
속 빈 제집을 꼭 잡고 있다

고추잠자리

날아가기 전
눈물 그렁그렁 잠자리 눈 소녀는
멋진 비행 멈추고 센 강변 벤치에
노을빛 날개를 뉘었을까?

하늘이 끝없이 높아도 고추잠자리
무작정 높이 날지 않는다
날씨 좋은 날엔 높이 날고
궂은 날엔 낮게 난다
화려한 날개의 슬픈 한계를 안다
그러나
삭정이 끝에 앉은 고추잠자리
가을볕에 등짝 빨갛게 익도록
청자빛 그리움을 앓는다

바람 되지 못하고

꽃잎처럼 살아
낙엽처럼 살아
갈대처럼 살아
떨어지고
흩날리고
흔들릴 뿐

바람 되지 못하고,
가난한 바람조차 되지 못하고…

키스를 날리자

봄은 봄이다
새로운 마음으로
따뜻한 마음으로
열린 마음으로
사랑하는 마음으로 봄이다

살 오른 길고양이의 궁둥이
처녀를 터트리는 꽃나무
온실 같은 봄비
현기증 나는 아지랑이에
윙크를 날리자

찬란한 봄날에
내 몫의 꽃송이가 몇 개인지
내게 남은 봄날이 몇 날인지
헤아리지 말자
봄은 봄으로 충만하다

키스를 날리자
하얀 나비 쫓는 연인과
사랑하는 모든 사람들에게
현란한 이 봄, 이 봄에
진한 키스를 날리자

수선화

사랑해요 키스해 줘요
처녀들이 아우성쳐도 그는 모른 척, 자신만을 사랑했네
연분홍 연정이 핏빛 증오가 됨을 그는 미처 몰랐네
한 여인이 한을 품었고 복수의 신 네메시스는
그에게 벌을 내리네
연못에 비친 자기 모습에 반해 빠져 죽은 나르키소스…
그 자리에 연노랑 수선화 피어났네

이맘때 고향 집 마당에 수선화 피어나네
당신을 끔찍이 사랑했던 아버지의 분신,
아버지 산소엔 잔디도 자라지 않고, 팔순 노모는
한인 듯 그리움인 듯 무딘 호미로 수선화 피워 내네

오늘 아침 이웃집 화단에서 막 세수 끝낸 수선화 보았네
처연한 아름다움이 슬프고 슬펐네
아름다움이 자랑스럽지 않은 꽃이 있다는 걸 오늘 알았네
수선화가 노래하지 않으니 나는 '워즈워스'처럼 춤추지 않았네

나는 나를 사랑할 수 없네

뷰티숍 헤라로 가자

아름다움을 찾아가자
우리, 뷰티숍 헤라로 가자
그곳에서 백설처럼 흰 팔을 가진
신들의 여왕 헤라를 만나
아프로디테에게 빼앗긴 황금사과를 찾아 주자

우리, 뷰티숍 헤라에서
피부 좋아지는 로션
바르면 예뻐지는 분
고아한 내음의 향수
키스를 부르는 립스틱을 사자

아름다움을 파는 헤라에게
헤즐럿 커피 한 잔 대접받으며
세상의 아름다움을 이야기하자
예뻐지는 건 무조건 무죄다

뷰티숍 헤라로 가자

그곳에서 신제품 미안수(美顏水)를 사자

마음이 예뻐지는

특제품 심미수(心美水)를 사자

농어

겨울잠에서 깨어난 어부가 기지개를 켰다
'3월이 가기 전에 대물을 잡아야지'
어부는 제집 찾아들 듯 인당수를 찾아
깊고 깊은 그물을 던졌고,
잠시 후 커다란 농어가 그물에 걸려 올라왔다
어부의 환호성에 갇힌 눈먼 농어

사랑해요 사랑해요
아내의 투망질은 서툴렀지만
어부는 장님이 되어 아내의 그물에 들었다
얼마 후 허니문이 지고 눈을 떴을 때
아내가 가시로 그를 찌르기 시작했다
'만날 손해 보고 살잖아요'
'눈 똑바로 뜨고 살아야지요'
삶의 전사가 된 아내의 포로가 된 어부는
어제도 오늘도 화려한 탈출을 꿈꾼다

커다랗고 날랜 농어가 되어,
코발트 빛 바다를 신나게 달려가
비티아즈 해연에서 멋지게 살고 싶다
바싹 약이 오른 아내가 쫓아와 투망을 던져도
잡히지 않는 눈 뜬 농어로 살고 싶다
단 아내의 구속이 그리워질 때까지

향기

경북 봉화에서 달려온
초보 농사꾼의 습작품, 작은 사과 한 상자
상자를 여니 망사옷 입은 사과 10형제가
두 줄로 나란히 앉아 있다
옷을 벗겨 보니 반점투성이 못난이들
그래도 방안에 좍 퍼지는 진한 향기
손으로 쓱쓱 문질러 한 입 베어 먹으니
달다 조그만 사과가 커진다

늦은 저녁에 찾아와 사과만 건네주고
차 한잔 안 마시고 떠난 지인,
사과 향기도 진하지만 어둠 속을 달려갈
지인의 향기가 더 깊은 여운으로 남는다

올레길 걸으며

올레길 걸으면 알게 되지
하늘과 땅이 닿아 있고
바람 소리 파도 소리가 하나라는 걸

올레길 걸으면 알게 되지
길은 빨리 걸을 게 아니라
새 인연을 기다리며 천천히 가야 한다는 걸

올레길 걸으면 알게 되지
여럿이 도란도란 걸으면
오래 걷지 않아도 멀리 갈 수 있다는 걸

올레길 걸으면 알게 되지
혼자여도 혼자가 아니고
여럿이어도 혼자라는 걸

그리고 알게 되지
모든 길은 가슴과 가슴으로 통하지만
그 길은 나 스스로 내야 한다는 걸

장항선

장항선이 흐른다
강물처럼 길게… 설렘과 아픔으로 흐른다
기차가 달라지고 사람들이 바뀌었어도
두 가닥 레일은 만남도 이별도 없이 유유히 흐른다

초등학교 5학년 군산 수학여행 길
광천에서 처음으로 완행열차 탔다
노란 세상, 아스피린 같은 어지러움
'멀리 보아라 먼 경치를 보아라'
선생님의 말은 약이 되지 않았고 열차는 장항역에 섰다

중학교 2학년 여름방학 때 가출을 했다
홍성 예산 온양 평택 서울
그땐 한강을 넘었지만 남산은 넘지 못했다

청년시절 기차가 천안역에서 한 숨 돌릴 때
급히 뛰어내려 매점에서 가락국수를 먹었다
기차처럼 생활은 길고, 휴식은 짧았던 시절

장항선 동문과 결혼을 했다
광천 용궁예식장에서 식을 올린 후, 서울행 기차를 탔지만
신랑도 신부도 핑크빛 미래를 말하지 않았다

아버지는 병치레가 잦았고 어머니는 세상 물정을 몰랐다
광천역에 내릴 때마다 손에 든 가방보다 마음이 무거웠다
이제 아버지는 돌아가시고 어머니만 홀로 남았다
이제나저제나 자식 오기만 기다릴 등 굽은 어머니,
지금도 마음은 광천역에 마중 나와 계실 것이다

장항선 열차를 탈 때마다 유라시아 열차를 꿈꿨다
휴전선을 넘고 국경을 넘어 울란데우, 모스크바, 베를린, 파리,
안개 낀 런던까지 가고 싶었다 긴 여행을 떠나고 싶었다

이제 장항선은 탁류를 건너 익산까지 가지만,
나는 아직 금강을 넘지 못했다
꿈은 멀고 여정은 짧아도 장항선은 여전히 흐른다

산정 호숫길 걸을 때에는

산정 호숫길 걸을 때에는
아름다움에 눈감지 말고,
마음의 문을 열고 환호하자
사금파리처럼 깨어지는 얼음이
다시 하나가 되기 위함을
흩날리는 싸락눈도 축복임을 알자
어제 같은 오늘이 아니듯,
내일은 오늘이 아니다

길 걷다가 궁예의 울음소리 들리거든
한을 품고 죽은 사람들을 위해 묵념하고
김일성 별장의 의자에 앉거든
조국의 통일을 위해 기도하자
너와 나를 위한 노래를 부르자

허브농원에 들러
뜨거운 차 한 잔 가슴에 붓고,
흘러간 팝송에 눈물 한 방울 떨구어 보자
향수병 열어 연인의 체취를 찾고,

목로주점에 퍼질러 앉아,
옛이야기 안주 삼아 막걸리 한 잔 들이켜 보자
산정호수 둘레길 걸을 때에는
보석 같은 그리움 하나 가슴에 간직하자

어부가 판 세월

갈매기도 외출한 한낮
거제도 저구항,
키 작은 초로의 어부와 더 작은 그의 아내가
양파망에 담아 뱃전에 담가 놓은 어물을 판다
소라 몇 마리, 만 오천 원에 팔고
오징어보다 조금 큰 문어 이만 원에 팔고
중간 크기 문어와 새끼우럭 몇 마리, 삼만 원씩 받고 팔았는데
문제는 마지막 제법 큰 문어
덩치 좋은 중년 사내가 함지에 든 문어 망을 꺼낸다
'이거 얼맙니까?'
'사만 이천 원 주이소'
'이천 원 깎아서 사만 원에 주시지요'
'안됩니더 내는 시세대로 팝니더'
'아저씨 너무 팍팍하시네'
사내의 말에 얼굴에 핏대 세운 어부가 징소리를 낸다
'자꾸 머라캐요 그냥 가소'
잠시 후 얼굴이 붉어졌던 사내가 사만 이천 원을 꺼내고
돈은 아낙의 앞치마 주머니에 풍덩 빠진다
얼굴 상처에 진물이 마르지 않은 어부가 황소처럼 웃는다

아들딸도 잊어버린 거친 바다에서,
그들은 많고 많은 세월을 얼마에 팔았을까
빈 함지박에 오월의 햇살이 눈물처럼 담긴다

가수가 울더라

가수가 울더라
노래 경연에서 왕별이 된 선배를 이기고
무명가수가 울더라
해뜨기 전 해바라기처럼
고개 숙이고 울더라
맨손으로 막장을 뚫고 나와
스스로 갈고 닦아 별이 된 가수가
눈물을 흘리더라

반짝이는 눈물 보석이 되어
뭇사람들의 가슴에 안기고
골리앗에 주눅 들었던 사람들이 박수를 치더라

가수가 울더라
반짝이는 가수가 고개를 들고 가슴을 열더라

초대장

순하디 순한 훈풍이 부니
남도 홍매화에게서 초대장이 왔다
'이제 막 피어 잔치를 열 거예요 꼭 오세요'
나는 아픈 친구에게 문자를 보낼 것이다
'꽃잔치에 같이 가세 꼭 손잡고'
나도 친구도 빙판길을 걷고 있지만
올봄엔 둘이서 꽃길을 걷고 싶다

호박꽃 노을

얼굴이 둥글둥글하고
엉덩이는 펑퍼짐하고
성격이 모나지 않아서
부잣집 맏며느리감이라던
이웃에 살던 친척누님,
진짜 부잣집에 시집가서
순둥이 남편 휘어잡고
아들딸 순풍 순풍 낳아
잘 키워 시집, 장가 보냈는데,
찻집에서 긴 얘기 하다 훌쩍거리네
나도 꽃인데, 곱다는 말 못 들어 봤다고
진정 예쁘단 말 못 들어 봤다고…
창밖에 호박꽃 노을
곱게 곱게 익어 가는데

무인도

떠난 사람들, 돌아올 가망 없고
마지막 여인이 이별의 입맞춤도 없이 떠났다
행동의 자유가 멈추고 사유가 멎은
절해의 무인도

차라리 부서지면 좋으리라
산산이 깨어지면 좋으리라
발가벗겨진 아랫도리
시나브로 침식되는 선홍빛 아픔

밤보다 까만 낮을 아는가
낮보다 환한 불면의 밤을 아는가
손 내밀어도 잡아 줄 사람 없는
물에 갇힌 목마름

갈매기처럼 떠나고 싶어도
구름같이 흐르고 싶어도
심장에 박힌 녹슨 대못
태고에 주저앉혀진 천형

다시 채워지기를 바라지는 않지만,
연둣빛 그리움을 어찌하겠는가
잠시 낮잠 든 사이 돛단배 되어 떠나는
천애의 무인도

들꽃 예찬

흔하디 흔한 들꽃
숱하게 차이는 들꽃
그들의 속삭임, 흐느낌 듣지 않았어
이름도 묻지 않았지
목련 면사포 떨어지고,
불꽃 같은 벚꽃 잔치 끝나고
젖가슴 풀어헤친 장미꽃 지고,
순한 태양이 들국화 품에 얼굴을 묻을 때에야
나 들꽃의 친구가 되었네

진심은 웅변으로 말하지 않고
조용히 말하네
모두가 환호하는 시간에 피는 꽃보다
아무도 모르는 순간에 피는 들꽃이
더 소중하고 향기롭네
예쁘네 예쁘네, 들꽃이 예쁘네

주인 되기

너, 나 우리 모두
어두운 밤에 이정표부터 찾아야 하는
길손인지도 모른다
밤에 내리는 겨울비처럼,
뉘 집 창문도 두드리지 못하는
나그네인지도 모른다
화려한 파티장에 갑자기 나타난
불청객인지도 모른다

그러나 우리,

애벌레가 고치를 지어
그 속에서 몸을 굴리고 태워
현란한 나비로 우화하듯
사는 날까지 치열하게 살아
이 세상의 아름다운 꽃이 되어야 한다
쌀 물을 달이고 졸여
달콤하고 맛있는 조청을 만들 듯
많은 눈물과 아픔을 졸여

삶을 찬양하는 시인이 되어야 한다
이 세상의 주인이 되어야 한다

그대 노을을 보고 있나요

그대 노을을 보고 있나요
악마의 심장처럼 붉게 타다가
잿빛으로 변해 가는 노을을 보고 있나요

그대 생각하나요
몽당연필처럼 짧은 나비의 봄날
폭포수처럼 별이 쏟아지던 밤
빈 배낭 메고 별 주우러 가던 젊은이,
허기진 오후,
남도의 간이역 처마 밑에서
눈 시리게 바라보던 자식 많은 감나무의
길게 늘어진 하품을…

그대 슬퍼하나요
설렘도 그리움도 이제는 사치
혼신의 힘을 다해 노래를 불러도
아름다운 시를 써도 바칠 수 없는 연인이 없음에

그대 슬퍼 말아요
흘러간 세월 되돌릴 수 없어도,
작은 화단 일구어 몇 알의 꽃씨를 심어요
잠들기 전 예쁜 꽃들이 피어날 테니,
그날부터 하루를 열흘처럼 살아요

그대 아직 노을을 보며 한숨 짓고 있나요

심장이 뛴다

심장이 뛰었다
화면 가득 박해일과 김윤진의 심장이 뛰었다
내 심장도 덩달아 뛰었다
살아 있다 심장이 뛰는 한 살아 있다

영화가 끝나고 밖으로 나오니,
승강기 앞에 사람들이 구름이다
기다리던 끝에 친구와 간신히 탑승한다
몇 사람이 사람들 틈으로 몸을 구겨 넣는다
'삑' 승강기가 무겁다며 파업을 선언한다
사람들을 헤치고 나와 두 사람이 내렸다
승강기가 내려가고, 계단으로 내려오니
밖에서 기다리던 친구가 버럭 화를 낸다
"전부 새파란 놈들뿐인데 당신이 왜 내려"
"모두 저승으로 가는 길 서두를 게 뭐 있담"
친구가 어색하게 웃고 나도 웃는다

가로등이 까만 이불을 덮고 졸고 있다
심장을 찌르듯 바람이 맵다
집이 지척인 친구와 악수를 한다
내 집은 부곡, 아차 막차 시간이 다 되었다
냅다 뛴다
심장이 쿵쾅거린다
살아 있다 나는 아직 팔팔하게 살아 있다

우리 사과 사러 가자

인산(人山)을 벗어나 심산(深山)을 향해 가는 길
관광버스 안에서,
초로의 남자 등산객이 배낭을 풀어 사과를 꺼낸다
청년의 등처럼 푸르디 푸른 햇사과 다섯 개
그걸 깎아 넷으로 나누니 20쪽
20명이 웃으며 떠들며 사과를 먹는다
붉게 읽은 사과보다 맛있다
통째로 먹는 것 보다 배부르다
'사과 맛있네요 어디서 사셨어요'
젊은 남자가 묻는다
'인생 플러스, 그런데 날 따라와야 해'
사과 주인이 농담으로 대답한다

우리 그를 따라 사과 사러 가자
인정의 사과, 행복의 사과를 사러 가자
쪼개면 쪼갤수록 커지는 사과 사러 가자

들러리 아카시아꽃

초대하지 않아도,
마중하지 않아도,
조용히 찾아오는 아가씨
유백색 드레스, 가슴 골 가리며
깊게 인사하는 오월의 들러리
뻐꾸기 소리 숲 속에 갇히고
부곡의 오월이 가고
배봉산의 오월도 가고
광주의 오월은 이미 갔는데
오월의 신부는 떠났는가
아니면 오고 있는가
들러리 아카시아꽃 한숨 익어 가는데…

김장하는 날

괴산에서 시집온 배추를
빨갛게 화장시키던 아내가 부른다
"은재 아빠 간 좀 봐 줘요"
무릎걸음으로 다가가니
버무리던 배추를 쭉 찢어서 돌돌 말아 입에 넣어 준다
입을 채 다물지도 못하고 우물우물 씹어 넘기고
"참 맛있네" 하니
아내 얼굴이 활짝 펴진다

돼지고기를 푹 삶아 도마에 썰어 놓고,
막걸리 한 사발 쭉 들이켜고,
고기 한 점 김치로 폭 싸서 먹으며
"아 별미네" 하니,
아내가 모처럼 환하게 웃는다

김장하는 날은 다정해진다
김장하는 날은 부자가 된다

빨간 화로 하나가 식은 가슴에 '턱' 하고 자리 잡는다

길고양이의 봄

햇볕 좋은 토요일 오후
편의점 입구 상자 위에서
길고양이 자고 있네
등을 활처럼 펴고 두 다리 쭉 뻗고…
꼬리를 건드리니 실눈 떴다 감고
발을 톡톡 쳐도 눈만 크게 떴다 감고,
고놈 참 느긋하고 여유 있네
고놈은 확신이 있는 거지
배부르고 등 따스하니 내 세상이다
'아무도 나를 해치진 않아'

사람들은 다르지
배부르게 먹고도 항상 배고프고,
가진 것 많아도 만날 가난하고,
믿을 사람 하나도 없다고 생각하고,
흔히 남의 호의를 의심 먼저 하고 보지

부럽네, 정말 부럽네
짧은 햇볕에도 긴 잠 자는 고양이의 봄이…

하얀 밤

빛에 쫓겨
끝없는 벌판을 달리고 달려도
작은 그늘막조차 없는 밤

쉽고 쉬운 문제가
풀 수 없는 난제가 되어
빚으로 쌓이고 또 쌓여
아득히 까맣게 떨어지고 싶어도
절벽조차 없는 백야

산타클로스는 어느 주막에 들어
빨간 코를 묻었을까
까만 크리스마스를 기다리는
하얗고 하얀 밤

활동사진

분꽃 채송화 봉숭아 나팔꽃
칸나 다알리아 맨드라미 코스모스
연달아 피며 꽃 잔치 벌이던
큰집 바깥마당의 작은 꽃밭과
꽃밭을 가꾸던 사촌 누나들의 작은 수다

하얀 모시옷 차려 입고 중절모 쓰고,
'금관' 담배 호주머니에 챙겨 넣고는
휘파람 불며, 나들이 나서던 아버지의
거뭇한 구레나룻과 싱그런 미소

군대 제대 후, 고향 집에 머물 때,
해지면 울안으로 돌멩이 던지던 동네 처녀
그 애와 갔던 산골 원두막, 태봉골 과수원
반딧불이로 불야성을 이루던 논둑, 밭둑길
차마 훔치지 못했던 그녀의 생 입술

대구에서 신문사 지국장 하다 올라온 '박세혁'
그놈과 자주 갔던 단성사, 피카디리 극장
올리비아, 레오나르도가 나오는 로미오와 줄리엣
그 애절하고, 가슴 시린 연인의 마지막 입맞춤

아무도 모르는 나의 수장고에서 가끔 돌려보는
아직도 생생한 천연색 활동사진

소중한 관객

한 뼘 머물던 햇살,
궁둥이 털고 일어서고
까투리 한 마리 홀연히 날아간
쑥대밭 가장자리에
함초롬히 피어난 연분홍 장미꽃
막새 바람에 몸 흔들며 노래 부른다
늦은 것도 늦을 것도 없다는 듯

무대에 불이 꺼지고
박수 칠 관객이 모두 떠나고,
어두움이 사위를 덮쳐도
레퍼토리가 남아 있는 한
춤과 노래는 계속되어야 할 것
자신이 제일 정직하고
가장 소중한 관객이므로

9월의 끝

쌩하고 바람 불어
떨어진 낙엽
바르르 떠는 수심(愁心)
푸른빛도
붉은빛도 아닌
조락한 아픔
밟지 말자 밟지 말 것
그러나
내일이면 10월
낙엽이 지천으로 떨어질 텐데
숭얼거리며 우수가 몰려올 텐데
단잠 못 자고 뜬눈으로 보내는 밤
넘기려고 손에 잡은 달력
파르르 떨리는 심사
아직 9월은 내 수중에 있다

한계

관절염 걸린 전직 농구선수가 말했다
"나는 공을 만지지 않아"
공을 만지면 뛰고 싶어지거든

총기 잃은 중늙은이가 말했다
"나는 예쁜 여자를 보면 고개를 돌려 버려
보고 있으면 사랑하고 싶어지거든"

억지로 한계를 넘으려는 욕심보다
한계 앞의 좌절이 아름다운지 모른다

비, 悲

봄을 부르는 것도 비
봄을 보내는 것도 비
사랑을 부르는 것도
사랑을 보내는 것도 비
아름다운 봄이야
살 만한 세상이지
최면 걸며 사는 것도 비

철쭉 축제 끝나자마자
세월의 등을 밀며 비가 내린다
꽃잎이 떨어지고 봄이 간다
봄의 눈동자는 항상 젖어 있고,
꽃잎이 쓰는 엔딩 크레딧은 슬프다
다시 온다는 약속은 비릿한 미끼
꽃길에서 잠시 만났던 여인은
또 보자며 잔기침을 하며 떠났다
오월 초사흘 길게 비가 내린다

이팝꽃 피고 지면

이팝꽃이 피면
하얀 쌀밥 같은 이팝꽃이 피면
하얀 머리수건의 엄마가 생각난다
정이 밥이고 밥이 정이던 시절
내 새끼 밥, 사랑으로 꾹꾹 눌러 담고
거지에게도 밥상 차려 내던 엄마

이팝꽃이 한 잎 두 잎 떨어지면
미욱한 돼지들이 생각난다
서로 더 먹으려고 주둥이 들이밀다
밥그릇 통째로 엎어버리는 스튜어튜 밀의 돼지
내 밥그릇 소중하면 남의 밥도 귀한 것

바람 불어 이팝꽃 무더기로 지는
가슴 헛헛한 오늘 같은 날은,
더운 김 나는, 엄마의 쌀밥으로 빈속을 채우고 싶다

바이올렛 사랑

꽃반지 끼워 준 어릴 적 신부는
소녀가 되자 친구가 되었고,
얼마 후 소녀는 내 곁을 떠났네
아름답게 살라는 숙제만 던진 채

세월이 가고 흐르며,
반지는 잃어버리고 숙제는 잊어 갔네
사는 건 끝없는 상실이라고 생각했지

비 오는 날의 출근길
내릴 곳을 잊고 한 정류장을 더 갔네
우산 접고 비 맞으며 과거로 가는 길
길섶에 핀 반지꽃 보았네
풀숲에서 파르르 떨고 있는 반지꽃,
잃어버린 바이올렛 반지가 그곳에 있었네
키 큰 사람들에게 밟히고 밟혔지만,
찬연하게 빛나는 바이올렛 꿈

이제 사는 게 상실이 아니라는 걸 알겠네
잊고 있던 창고에 쌓여 있을 보석 같은 삶의 조각
손마디 굵어져 다시 꽃반지 낄 수 없지만
아름답고 서러운 늦봄 같은,
나의 바이올렛 사랑은 지금부터 시작이네

청산도는 아무나 기다리지 않는다

예쁜 그림 그려 놓고,
좋은 노래 틀어 놓은 청산도는
아무나 기다리지 않는다
뺏으러 온 사람,
버리러 온 사람,
술 취한 사람을 기다리지 않는다
어디에 있어도 좋은 그림이 되는 사람,
걸어가면 향기가 나는 사람,
길게 앉아 노을을 보는 사람을 기다린다
다랭이 밭의 노랑 유채꽃을 보았는가?
보이는 것 보다 감춘 것이 더 많은 청산도는
아무에게나 곁을 주지 않는다

목련

기다림도 설렘도 눈물인 걸
순정도 사랑도 눈물인 걸
은은한 달빛 아래 초야 보내고
아침마다 샘물 세수하는 여인아

짧은 삶, 순수한 사랑
요란하지 않게 살다가
젖빛 눈물로 마침표 찍는
목련아 목련화야

아내의 멸치볶음

하나로 뭉쳤다 똘똘 뭉쳤다
멸치, 땅콩, 호두, 아몬드가 스크럼을 짰다
젓가락은 번번이 헛방을 지르고
입에 고이는 침이 부아를 돋운다
설탕 솔솔 뿌려 볶았으면 될 것을
더 맛있게 건강식으로 먹으려고,
조청을 듬뿍 넣은 게 화근
조금 부족한 게 좋을 때가 있다
완벽의 추구가 완성을 망치는 수가 있다

가을비 내리는 아침

밤새 뒤척이며 마른기침을 했는데,
불면의 커튼을 걷으며 비가 내립니다
푸석푸석한 가슴에 링거 수액이 흘러듭니다
출근길, 우산을 쓰고 통통통 통통통 걷습니다
어린아이처럼 신이 나서 걷습니다

빗소리가 연인의 목소리 같습니다
우산을 높이 들면 소리가 작아지고
가깝게 들면 소리가 커집니다
라디오 볼륨을 조절하듯
높게 들었다 낮게 들었다를 반복합니다
하늘이 내린 원곡을 편곡하며 걷습니다
'비의 랩소디'를 흥얼거립니다

쌈지공원 옆 식당 계단에
국화 화분 두 개가 나란히 놓여 있습니다
연자줏빛 국화, 샛노란 국화가
고봉으로 담겨 수북하고,
그 속에 아직 생생한 가을이 숨어 있습니다

버스 정류장 지붕 아래로
사람들이 우산을 든 채 스며드는데,
철도 박물관 담장 안의 메타세콰이어는
우비 벗어 던지고 호기롭게 하늘을 찌릅니다
버스가 사람들을 모두 싣고 떠났지만
나는 잠시 우산을 접고 서 있습니다

지금 나를 떠난 여인들에게 속삭이고 싶습니다
"다시 내 우산속에 들어오세요 아내가 골라 준 우산은
비 한 방울 새지 않아요"

칠판

지우개 툭툭 털어서
깨끗이 지우고 싶은데,
지워지질 않네요
서툴게 쓴 글씨, 습작한 그림
뭇사람들이 갈기고 간 낙서들
반듯하게 글씨 다시 쓰고,
예쁜 그림 그리고 싶은데
영 지워지질 않네요
그래도 아침이 오기 전
여백에 쓸 글씨 있어요
正. 美. 樂

당신의 가을

그 옛날
당신이 건네준 은행잎 2장은
책갈피 속에서 곱게 늙어가고 있습니다
낙엽길을 당신을 흉내 내어 걷습니다
지그재그로 걷고 팔짝 뛰기도 합니다
그러나 지천인 낙엽을 아니 밟을 수는 없는 일
더러 낙엽이 발 밑에서 부서집니다
황금빛 별이 깨집니다
노을이 소리 없이 뒤따라옵니다

이 가을, 찬란한 이별의 축제에
초대받지 못했지만 서럽지 않습니다
아직도 미열로 남아있는 사랑앓이,
당신의 가을 속에서 행복합니다

수출용 남편

여자는 부드럽고 상냥하다
여자는 예쁘고 향기롭다
여자는 다정다감하고 친절하다
여자는 약해 보여도 강인하다
여자가 짐을 들고 가면 받아 들고 싶다
여자가 울면 같이 울고 싶고,
웃으면 같이 웃고 싶다
나는 여자를 아주 좋아한다
오늘 점심 식사 후,
홍일점 여직원이 식탁을 닦는 걸 보고
오지랖 넓게 내가 나섰다
"숙녀는 가만히 있으면 돼요, 이런 건 머슴이 해야지"
여직원은 예쁘게 웃었지만 젊은 직원들은 눈을 흘겼다

집에서는 아주 다르다
아내에게 군림하지는 않지만 다정하지도 않다
세탁기를 돌려 본 적도 설거지를 해본 적도 없다
전등 갈아 끼우는 것도 아내 몫
수도꼭지 교체하는 것도 아내 차지다

아내는 내가 내수용품이 아니라 수출품이라고 흉본다
내가 다른 여자들이나 제수씨들에게 친절한 걸 알기 때문이다
멋진 남자는 아내를 최고로 받들어야 하는데,
그러지 못하니 참 민망한 일이다
그래도 모든 여자들에게 친절한 사람으로 기억되고 싶다
아내에게는 정말 미안하지만……

장미 1

뽀뽀하자면
앵 토라질 것 같아
얄미워

빨간 볼을 꼬집고 싶어
엉덩이를 찰싹 때리고 싶어
귀여워

예뻐
몰래 담장을 넘어도
내 가슴을 훔쳐도

슬퍼
화려한 가시에 찔려 죽을 수 없다는 게

장미 2

청명한 하늘 아래
도도한 장미꽃
바라만 봐야 하는 아쉬움
만질 수 없는 안타까움에
아파하지 마세요
슬퍼하지 마세요
태연한 척 그냥 지나가세요
오월이잖아요
막 도망가는 오월이잖아요
당신도 누구의 붉은 장미인지 모르잖아요

제비봉 연가(戀歌)

봄물처럼 내 가슴에 스며들어
새파란 잎새로 머물다가
단풍빛으로 익어 가는 당신
작고 따뜻한 그대 손 잡으면
조수처럼 밀려오는 그리움, 서러움

우리 제비봉에 올라요
손잡아 끌고, 등 밀어 주며
산객들이 흘리는 정담 주우며
도토리의 화려한 옛이야기 담으며

양탄자길보다 좋은 게 숨찬 산행길
힘들어도 동행의 기쁨을 다시 누려요
숨이 차올라도 포기하지 말고,
정상에 올라 스믈스믈한 절정을 얘기해요
하산길엔 천애의 절벽을 보지 말고,
수수만년 옹골차게 버티는 바위와
쪽빛 여유로운 청풍호를 보며,
자유를 찾아 비상하는 제비를 노래해요

사랑은 웅변으로 말하지 않는 것이니
호반의 구암봉식당 창가에 앉아서
사랑은 같이하고, 오래 머물고 싶은 것이라고
담담하게 얘기해요, 우리…

읽지 못한다

순댓국에 막걸리 한 사발로 인생을 읽다가
서쪽 하늘을 보았다
노을에 익은 구름이 아름다웠다
나는 가끔 하늘을 읽는다

한밤중에 일어나 시를 읽는다
김수용, 정지용, 나석주, 허수경, 권규미
여자 남자, 나는 그들의 속내를 읽는다

더 담지도 버리지도 못하는,
더 순해지지도 악해지지도 않는,
진실을 입에 담고 살면서도 진실하지 않은
나는 가장 난해한 책이다
유감스럽게도 나는 나를 읽지 못한다

아름다운 탈출

그늘 없는 맑은 아침에
고등어 토막도 없는 찬밥 얻어먹는
길고양이여,
네게 자유를 빼면 무엇이 남느냐
쭉 뻗은 몸매가
야성의 눈이
잰걸음이 아깝지 않으냐
재규어처럼 멋있게 포효한 후,
길들지 말고 길을 떠나라
일탈 없는 새로움은 없는 것
도전 없는 희열도 없는 것

세상에 아름다운 구속은 없으니…

8월의 들꽃

이름 있다
빼앗기지도 잊지도 않았다
착한 식물학자거나
순한 촌부가 지었을 곱디고운 이름

주인이 버린 척박한 땅에서
치열하게 아름답게 살며
잡초 속에서 잡초로 살며

눈물 꽃 예쁜 꽃 피워 냈으니
해님 보고 웃어도
달님 아래 춤춰도
부끄럽지 않은 자유 평화,

그래도,
8월의 불길도 말리지 못하는
가슴 한 켠의 파란 항구
이름 부르며 다가올 돛단배의 꿈
이 땅의 들꽃 들꽃들

능소화

품 넓은 님 만나
빨갛게 타오르지 못하고
황홍빛 그리움으로 머물다
더운 심장 식기 전에
뜨거운 눈물 흘리며
뚝뚝 떨어지는 7월의 전설

소녀야
길가에 떨어진 능소화 보거든
바로 돌아서서 눈을 감아라

소나무

심산의 쭉쭉 솟은 금강송이 아니면 어떠리
머리가 푸른 동산인 다복솔이 아니면 어떠리
태풍에 꺾이지 않는
폭설에 무너지지 않는
푸른 소나무면 되지,
밤에 부엉이 재우고
멧돼지 고라니 등 긁고 가는
옹골찬 소나무면 되지,
가슴 할딱거리는 작은 새 깃들면
포근히 안아 주는
품 넓은 소나무면 되지,
사랑을 입에 담지 않아도
봄이면 송홧가루 지천으로 뿌리는
아, 제자리 지키는 소나무면 되지

유월 초이틀

바람 순하고 햇볕 쨍쨍한
오늘 같은 날은
유순하고 겸손해지면 좋으리라
격정보다 평온함이 좋으리라

아카시아꽃 열반에 들고
구름 속에서 버찌 톡톡 떨어지는
오늘 같은 날은
떠나간 사람을 위해
내 가시에 찔린 사람들을 위해
기도함이 좋으리라

6월 초이틀
오늘 같은 날은
젖은 몸을 햇볕에 말리고,
새로운 인연을 기다림이 좋으리라

가방끈 줄이기

여름이 되면 조그만 가방을 메고 다닌다.

위에는 티셔츠에 타이트한 바지를 입으면 전화기나 지갑을 넣을 데가 마땅치 않으니 귀찮지만 어쩔 수 없는 선택이다.

아침 출근길에 가방끈을 바짝 줄여 메고 나오면 아내가 어김없이 쫓아 나와 끈을 늘이며 멋대가리없이 이게 뭐냐며, 혀까지 끌끌 찬다. 자전거 탈 때

불편하다고 말해도 막무가내다. 끈을 길게 해도 가방을 뒤로 돌려 놓으면 된다는 것이다 그런데 그게 아니다. 자전거를 타고 페달을 몇 번 밟으면 가방은 앞으로

돌아와 허벅지에 툭툭 걸린다.

요즘엔 요령이 생겼다. 집에 들어갈 때는 줄을 길게 늘려 매고 출근할 때 집밖에 나서면, 가방끈을 바짝 줄여 겨드랑 밑까지 오게 한다. 그러나 아내의 호의를 줄이는 것 같아 아쉽고 미안하다.

당신은 누구의 아름다운 인연으로 남겠습니까?
(구봉산에서)

울울창창 소나무 숲길에 들어서면
잠든 음유시인이 보입니다
헤르메스의 피리 소리가 들립니다
세월이 가는 소리
인연이 흐르는 소리가 들립니다
사랑하는 당신이
잊고 있던 당신이 옆에 서 있습니다
돌부리 차며 암릉길 걸어
큰 기암에 올라서면
세상이 보입니다
아름답고 푸른 세상이 보입니다
거기에도 세월이 흐르고 인연이 흐릅니다
현실이 꿈이고 꿈이 현실이듯
인연이란 명주실처럼 이어지는 것
양이봉, 아이봉, 장생봉, 관대봉
대왕봉, 관망봉, 쇠봉, 북망봉, 윤회봉
아홉 봉우리도 얽힌 인연입니다
사람과 자연의 얽힌 인연입니다
당신은 누구의 아름다운 인연으로 남겠습니까?
나는 당신의 아름다운 인연으로 남고 싶습니다

여백(餘白)이 있습니다

땀으로, 기다림으로, 절규로도
채우지 못한 여백이 있습니다
순백의 여백, 많이 남아 있습니다
빨강 노랑 파랑 보라
가지각색의 크레용을 사서,
그림을 그려 넣겠습니다
푸른 물방울에 젖은 숲과
촥촥 떨어지는 폭포수와
팡팡 터지는 불꽃을 그리겠습니다
결승선보다 먼 출발선을 그리겠습니다
더 젊고 예쁘게 당신도 그리겠습니다
당신은 돋을새김으로 그리겠습니다
여생의 여백이 있습니다

가을의 끝

'내장산 단풍이 참 곱다는데 올해 가을에는 꼭 가 봐야지'
가을 내내 내장산 타령을 하다가
집 앞 덕성산에도 한 번 오르지 못하고 가을이 다 갔다
물비늘처럼 찬란한 날들이 후딱 지나갔다

밤새 비가 내렸다
아침 자전거 출근길,
국화로 단장한 장의차같이
노란 은행잎에 덮인 승용차가 내 앞을 쪼르르 달려간다
누군가 애써 잡고 있던 가을이 떠나나 보다
떠난 여인의 뒤태처럼 가을의 뒷모습이 애잔하다

오봉 단상(斷想) (오봉산 산행길에서)

팽팽한 마음으로 정상에 올랐더니
하늘에는 뭉게구름, 잠자리 떼 여유롭네
나, 선 곳 어디이며 보는 것은 무엇인가

암능길, 비탈길을 곡예하듯 내려오니
녹음은 만삭이라 가쁜 숨 내쉬는데
젖줄 같던 폭포수는 처참히 말랐구나
인심이 유한하듯 천심도 유한하네

개울속의 공주동상 전설이 애달프다
상사뱀 죽을 적에 원과 한을 품었으니
평강공주 가슴속에 연꽃만 피었을까

버리라 하나 무엇을 버려야 하며
집착을 말라 하나 사랑 없이 어이 살고
해탈문 넘어서도 속진(俗塵)을 털 수 없네

어허랑 어허랑 어허랑 어허랑
고운 여인들 부처님께 삼배하고,
청평사 앞마당에 작은 연꽃 피었으니
자유자재 불국정토 미구에 도래할까

춤 추어라 사랑하는 공주여

새파란 하늘이다
3월의 하늘이다
흘러가는 뭉게구름 거침없이 여유롭고,
봄 풀 향기가 천지에 가득하다
호주머니에 넣어두고 자주 꺼내 보고 싶은
찬란한 날이다
아가야 춤을 추어라 하얀 날개를 펴라
꿈도 사랑도 갖는 사람의 몫이다
나는 한 채의 성(城)도 가지지 못했지만
푸른 하늘과 넓은 들과 온갖 꽃들이 너의 것이다
나는 너의 걱정과 두려움을 알고 있다
나의 품이 좁았음을 용서해라
네 가슴의 빈 곳은 뜨거운 눈물로 채워 주마

이제는 떠나는구나
아장아장 걷던 네가 옹알이 하던 네가
성큼성큼 걸어서 사랑 찾아 가는구나
대견하다 아름답다
아가야 나는 믿는다

네가 당당하게 예쁘게 사랑하며, 살아갈 것을 믿는다
네 가정이 안온하고 풍요로울 것을 믿는다
네 지혜가 이 세상을 아름답게 할 것을 믿는다
뺏는 사람이 아니라 주는 사람이 될 것을 믿는다
사랑하며, 사랑을 가르칠 것을 믿는다
아가야 보이지 않는 사람까지 사랑해라
이 넓은 세상의 무대에서 주인공이 되어 춤을 추어라
나의 공주여!

이 세상이 아름다운 것은

오아시스가 아름다운 것은
폭염과 광풍을 이겨내며 자리를 지키는
사막 덕분입니다
밤하늘의 별이 빛나는 것은
푸른 날개를 접어 둔 겸손한
하늘 덕분입니다
산야가 온통 파란 것은
화려한 꽃보다 평범한 잎사귀를 피운
초목 덕분입니다
이 세상이 아름다운 것은
좌절과 아픔을 희망으로 승화하는
사람들 덕분입니다
땀 흘리며 묵묵히 살아가는
많은 사람들 덕분입니다
사랑하며 사랑을 배우는
셀 수 없이 많은 사람들 덕분입니다

재미없는 연극이어도
박수 치며 호응하는
바로 당신 덕분입니다

분홍 장화

아가씨는 분홍 장화를 버려두고 시집을 갔고,
엄마가 신발장 맨 아래에 두고 우산꽂이로 쓴다

봄비 내리는 젊음의 거리
빗물을 착착 차며, 자태를 뽐내면서 걸으면
'참 장화 예쁘네'
비처럼 쏟아지던 아가씨들의 찬사
겉은 젖어도 속은 따뜻했던 화려한 날

가을비 내리는 공원
우산 쓴 아가씨와 공원 벤치에 앉아 있을 때
'참 예쁘네'
지나가던 중년 여인의 칭찬
누가 예쁜지 헷갈리던 날

외출에서 돌아온 아가씨 엄마
빗물 떨어지는 우산을 장화의 심장에 폭 꽂고서,
옷을 툭툭 털며 길게 한숨을 내쉰다
"기집애도 참, 몇 번 신지도 못할 것을…"

아마도 딸 생각이 났겠지

신발장 문이 닫히고 다시 시작된 어두움
'비가 내리니 오늘은 장화 신어야겠네'
환청으로 들리는 아가씨의 예쁜 목소리

소박한 다짐

앓는 소리 내지 말고
죽는단 소리 하지 말자
미답의 땅, 등반할 봉우리
항해할 바다가 아직 남아 있다
어깨에 힘을 주고 당당하게 걸어가자
신바람 나게 뛰어가자
젊은 사람 만나면 먼저 인사하고,
덕담 한마디 선사하자
요즘 유행하는 노래 한 곡쯤
멋들어지게 뽑아 내고,
아름다운 시 구절 입에 달고 살며,
재치 있는 농담도 장전해 두자
호주머니 털어 깡통맥주 하나 사 들고
편의점 의자에 앉아 없는 폼 잡아 보자
추억을 마시자 주책을 마시자
내 인생이 최고라고 최면을 걸자
살아온 길도 대수이고
살아 있는 것도 대수이고
살아갈 길도 대수이다

늙어 가는 것 부끄러워 말고 주눅 들지 말자
해돋이가 찬란하면 해넘이는 아름답다
가다가 못 가더라도 내가 멈추는 곳이 정상
외롭고 쓸쓸해지면, 먼 산을 보며 휘파람을 불자

원행

멀리 왔다
누군가 놓은 철길을 따라
누군가 만든 기차를 타고
참 멀리도 왔다

불협화음과 외로움 속,
흘러온 시간은 얼마이며
타고 내린 사람은 또 몇 명인가
가끔 환승의 유혹에 빠졌지만
빠르고 예쁜, 옆의 기차는 멈추지 않았다

옆 자리 앉았던 노인이 일어서자
기다렸다는 듯 빨간 노을이 내려앉는다
이제 머지않아 도달할 종착역
노을과 같이 내려야 할 때,

차표는 샀던가
요금이 얼마였더라
지갑을 열어 보고 호주머니를 뒤져 본다

감옥

넓은 땅에서 자유롭게 살고 싶어
로스앤젤레스로 이주했다는 그 사람,
40년 동안, 고국 나들이 한 번 못 해 봤단다
꿈을 가둬버린 삶의 아이러니
좁은 않은 가게가 좁아 보이고,
그의 미소가 애처롭다

넓은 땅의 감옥은
좁은 땅의 감옥보다 더 추울 것이다

비(悲)

비가 내렸다
가로에 단풍잎이 수북이 내렸다
따뜻한 배웅을 기다리는 단풍잎

다모토리에 취한 시인이
식은 심장을 자근자근 밟으며 간다
인사도 위로도 없이…
아름다운 것도 바닥에 내리면
숨죽이며 발에 밟힐 뿐

비 그친 오후 아릿아릿 비가 내린다

새파란 나뭇잎도 지더라

여름으로 가는 길목에도 겨울 있더라
밤새 분 강풍에
아카시아꽃 떨어지고, 이팝꽃 졌더라
새파란 나무 잎사귀 길 위에 깔렸더라

신이 나를 이 세상에 남겨둔 것은
어딘가 쓸 곳이 있기 때문
구색이라도 맞추기 위한 것
잘나지 않았어도
부끄러워하지 않으며 살 일
서러워하지 않으며 갈 일

천천히 달리는 자전거길 위에
새로운 바람 불고
수줍은 햇빛 내리더라

노을길을 달리는 은빛 자전거

ⓒ 정인철, 2025

초판 1쇄 발행 2025년 3월 21일

지은이   정인철
펴낸이   이기봉
편집   좋은땅 편집팀
펴낸곳   도서출판 좋은땅
주소   서울특별시 마포구 양화로12길 26 지월드빌딩 (서교동 395-7)
전화   02)374-8616~7
팩스   02)374-8614
이메일   gworldbook@naver.com
홈페이지   www.g-world.co.kr

ISBN   979-11-388-4087-3 (03810)